青星学園★チームEYE-Sの事件ノート

～修学旅行で胸キュン！　翔太とゆずの恋が動く!?～

相川 真・作
立樹まや・絵

集英社みらい文庫

もくじ

contents

SHINO
SHŌTA
KUROTO

character

おもな登場人物

紫乃

姉妹校に通う、超美少女。
翔太に片思いしてたけど…？

SHINO

翔太（赤月翔太）

中学2年生。才能のある子ばかりが集められたSクラスの一員。サッカー部のスポーツ特待生。

赤い弾丸

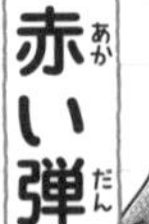

SHOTA

YUZU

ゆず（春内ゆず）

中学2年生。目立たず、平和な中学生活を送るのが目標。『トクベツな力』を持っている？

怪盗ステラ

世界を騒がせるスゴ腕の怪盗。
お金が目的じゃ、ないみたい…？

ユキ（相良 雪）

季節はずれの転校生。
フシギな雰囲気…!?

レオ（白石玲央）

背がすごく高くて、女子に大人気。現役モデルで、おしゃれなイタリアのクォーター。

黒のプリンス

孤高の天才

白の貴公子

KYO

KUROTO

LEO

キヨ（佐次清正）

将来は東大合格確実といわれてる。クールで、ほとんど笑わないキャラ。でも、ゆずにだけは!?

クロト（泉田黒斗）

やわらかい雰囲気が、王子様みたい。中学生だけど、プロの芸術家。専門は西洋画。

story

あらすじ

わたし、春内ゆず。
平凡でフツーを愛する、中学2年生。
だけど、平穏に生きていくって、
実はむずかしいよね…！

わたしには、『トクベツな力』がある。
小学校のときはそのせいで
イジメられてたから、
だれにも知られたくないの。

目立ちたくないのに、
女子に大人気の
キラキラ男子
4人組と
『チームアイズ』を
組むことになって、
わたしは毎日大変!!

修学旅行でSクラスのみんなと京都に来たよ。
安井金比羅宮
地主神社
老舗旅館の娘、ヒトミさんは翔太くんの幼なじみ…!?
ゆずに迫る魔の手…!!
この声は…ステラ——!?
こないだから翔太くん、あまあますぎっ♥
でも…様子がいつもとちがって心配なんだ。
京都でもキラッキラ&ドキドキの事件がとまらなーいっ!!
続きは、小説を読んでね♪

1 京都への修学旅行！

ぶわっと、強い風が吹く。

いつもとはちがう、街のにおいがする。

――ここは古都、京都。

京都は、百五十年前まで都（むかしの首都ってことだよ）だった街。

古い街なみや、神社やお寺なんかの、歴史的な建物が有名なんだ。

夏休みがおわってすぐ。わたしたちは、修学旅行にやってきたんだ！

わたし、春内ゆず。

私立青星学園中等部の二年生だよ。

わたしがかよう青星学園は、金色の鐘のついた教会や、ガラス張りのカフェテリアなんかがある、すっごくきれいな学校なの！

わたしはここで、目立たず平穏に、平凡に生きていきたいって、そう思ってたはずなのに。

去年、わたしは四人の男の子に出会ったんだ。

宝石みたいなキラキラ輝く四人の男の子たちは……すっごく目立つんだ。

平穏なわたしの生活、どうなっちゃうんだろう。

今、わたしが来ているのは、修学旅行の最初の目的地。

嵐山だ。

京都のなかでも大人気の観光地で、有名なお寺なんかが、たくさんあるんだよ。

「……ふふ、えへへ！」

わたしは、ガラスウィンドウの前でひとり、ニヤニヤしていた。

だって、着物を着せてもらったんだもん！

ピンク色の着物にグリーンの帯。足もとの下駄は、赤い鼻緒がかわいいんだ。

くるってまわると、袂（着物の袖のところだよ）に描かれた蝶々が、ひらっと舞った。

もう、すっごくかわいい……っ！

ここでは、着物を着せてもらって、自由に街を歩くことができるんだ！

貸してもらった着物用のカバンに、ネコのキーホルダーをつける。これがあずけた荷物の番号札になってるんだ。

よし、遊びに行くぞっ！

……って、気合いを入れたはいいんだけど。

「…………さびしい」

大きな川のほとりで、わたしはしゅん、とうつむいていた。

見上げると、渡月橋っていう大きな橋がかかってる。

「わ、見て、春内さんひとりだよ」

「うわ、かわいそー……」

同じクラスの子たちが、くすくすって笑いながら、とおりすぎていった。

自由行動だから、みんな友だちとか、仲のいいグループでまわってるの。

……修学旅行って、あこがれだった。

みんなでおいしいものをたくさん食べて、ステキな景色を見て、思い出をつくって。

でもわたし、クラスでも学年でもちょっと浮き気味っていうか……ぼっち、なんだよね。

ひゅうって、心のなかにつめたい風が吹いた。

「――いた、見つけたぞ！」

そのとき、そんな声が飛びこんできて、ぎょっと顔をあげた。

なになに!?

バタバタってかけよってきたのは、男の人が三人。

みんな着物を着ていて……これって、お侍さん!?

「こいつが、例の町娘だな」

ニヤニヤ笑いながら、腰につけた刀を揺らしてる。

町娘、ってどういうこと……急に、なにが始まったの!?

三人のお侍さんに、ぐるっとかこまれて、わたしは混乱でいっぱいだ。

「あ、あの……」

「そんなおびえた顔しても、だめだぜ。へへっ、おれたちと来てもらおうか！」

すらりと、お侍さんのひとりが、刀をぬいた。

……ウソ。

太陽に刀がギラギラ光って……どうしよう、なにがおきてるの!?

「――ご用改めである！」

瞬間、空気を切りさくようなするどい声が飛んだ。

ふりかえったさきに、男の子が四人、立っている。

みんな着物と袴で、羽織は、すそにジグザグの模様（あとで聞いたら、だんだら模様、っていうんだって）。なんと腰に刀まで差してる。

あれって、新選組の着物だ！

幕末時代に活躍した、カッコいい剣士さんたちのことだよ。

おおーって、まわりから拍手が起きた。

わっ、いつの間にか、ギャラリーが集まってる！

……うちの学校の子だけじゃないよ。べつの学校の制服や、観光客のお姉さんもいるんだ。

「Sクラスだ！」

うちの学校の、だれかがそう言った。

Sクラス――青星学園中等部に、去年から新設された特別クラスなの。

なにかひとつ、特別なことに秀でた人たちが集まってるんだ。スポーツ特待生とか、芸能人とか、芸術家とかね。

新選組の恰好をした四人組は、そのSクラスの男の子たち。

しかも……実は、わたしの知り合いなんだ。

わたしは、この男の子たちとチームを組んでるんだ。学校や、まわりの事件を解決するっていうチームなの。

わたしは、自分で決めてみんなの仲間になった。

だけど……この人たち、すっごく目立つんだ。

地味で平穏を愛するわたしには、まぶしすぎるって！

それにこれ、なんのさわぎなの？


「——ゆず」

ひとりの男の子が、おどろいているわたしの名前を呼んだ。

「これ、ムービーの撮影なんだ。ゆずは町娘役ね。おれに合わせて」

「撮影!?」

と、とつぜんだなあ……。

そうわたしに教えてくれたのは、白石玲央くんだ。

いつもは短い髪を、今日は後ろでくくってるんだ。

着物の首もとには、いつものシルバーアクセサリーがキラっと光ってるし、手首には、三色組みあわされたかざりひもがむすんであって、オシャレだ。

レオくんは本物の芸能人で、モデルさん。

将来は、デザイナーも目指してるんだって。

だからいつもオシャレで、こだわりがあるんだよね。

「あれって、レオじゃない!?」

「うわ……本物だ！」

まわりの女の子に、ひらひらって手をふるのも忘れない。

きゃあああって、うれしそうな悲鳴がひびいた。

さすが【白の貴公子】って呼ばれてるだけ、あるなあ。

レオくんは学年イチ……ううん、学校イチ、モテる男の子だ。

「こんなところにひとりでいると、悪い人につれていかれちゃうよ、お嬢さん」

とにかく、合わせればいいんだよね……？

「ありがとう、ございます！」

ぐっとレオくんに手をつかまれて、ひき寄せられる。

青と緑のあいだの色の瞳が、わたしをじっと見つめる。

いつもとちがう恰好で、呼び方までちがって。

……なんだか、ドキドキする！

ぐいっ！

「わわっ！」

わたしの腕を、反対側からだれかがひいた。

「ぼくらが来たからには、もうだいじょうぶだよ」

泉田黒斗くん。

クロトくんは芸術家。専門は、西洋画なんだって。コンクールで優勝したり、個展も何度も開いてるんだよ。

クロトくんの描く絵は、見てるだけですいこまれそうで……きれいなんだ。

みんなからは【黒のプリンス】って呼ばれてるんだよね。

肩までの髪を、今日は金色の髪ひもで結ってるんだ。

「ぼくたちが、きみを守るよ」

クロトくんは、にこっと笑った。やわらかで甘い笑顔は、まさしく王子様！

でもわたしは、クロトくんの顔を、ちゃんと見られなかった。

だって……夏休みの豪華客船で、クロトくんは言ったんだ。

もう遠慮する気はない、って。

もしかしてクロトくん、わたしのこと……。

いや、でも、ちゃんと言われたわけじゃないし……。

うー、ぐるぐるして、ずっとクロトくんのこと、考えちゃう。

でもこれもクロトくんの作戦なんだって。

混乱したり、ドキドキしたりしてるのも、クロトくんの手のひらの上、ってことなのかなあ。

着物のお侍さんが、苛立ったように叫んだ。

「なにもんだ、お前ら！」

「――京の街を守る新選組だよ」

涼し気な声で、べつの男の子がそう言った。

佐次清正くん。

キヨくんは天才少年。勉強が得意で、全国模試のトップは常連、将来は東大合格確実、って言われてるんだよ。

【孤高の天才】って呼ばれてるんだ。

いつだってクールで冷静、笑ったところをほとんど見せたことがないんだって。

「京の街を守って、危険な侍を取り締まる、それがおれたちだ」

腰の刀に手をそえて、ぐっと身を低くする。いつでも、たたかえるってことだ。
刀には、水色の組みひもが結わえてあって、キヨくんらしくクールでカッコいい。
凛としたその雰囲気に、お侍さんたちが、じりっと身をひいた。
「チッ！」
お侍さんたちが、舌打ちをして次々に刀をぬく！
ギラギラと輝く刀は、撮影だってわかっていても、すごい迫力だった。
その瞬間。
「そいつから、はなれろっ！」
——赤い風が疾ったみたいだった。
銀色の光が宙をなぞる。がちんっと、刀同士がぶつかる鈍い音がする。
目の前に男の子が、すたんっと着地した。すぐに刀をかまえて、身を低くする。
真下からはねあげた刀が、きれいな光の線を描いて、お侍さんの刀を跳ねとばした！
くるくると舞った刀が、がしゃんっと地面に落ちる。
真っ黒な髪に、まっすぐ前を見すえる瞳は、夜空をとじこめたみたい。
ひらりとひるがえったのは、ひとりだけ赤い羽織だった。

手にはぬきはなった銀色の刀……。

「こいつに、手ぇだすな」

はかったみたいに、ぶわっと風が吹く。

……赤月翔太くん。

Sクラスのスポーツ特待生で、運動神経抜群。強豪、青星学園サッカー部で、入部早々レギュラーになったんだ。

【赤い弾丸】って呼ばれてるのは、足が速くて、赤いレギュラーユニフォームが弾丸みたいに見えるからなんだって。

いつも熱くて、みんなの中心にいるカッコいい男の子なの。

翔太くんを見るとわたし……最近、ちょっとおかしい。

ドキドキするし顔は熱くなるし。

胸が苦しくて視線をそらしたいのに、その太陽みたいな笑顔を、ずっと見ていたくなる。

「だいじょうぶか、お嬢さん。おれたちが来たから、もう安心だぜ」

ニカっとはじける太陽みたいな笑顔に、きゅうって胸の奥があったかくなった。

その瞬間。

「――カーット！」

……へ？

今まで、こわい顔をしていたお侍さんが、ぱっと笑顔になる。

「いやあ、よかった！　青星学園のSクラスてすごいんやなあ」

わっ、京都の言葉だ。にこにこと笑いながら、地面に落ちた刀を拾っている。

翔太くんが、慌ててぺこっと頭をさげた。

「思いっきりやっちゃって、すみません！」

「いやあ、ええねん。こっちがお願いしたんやし。カッコよかったで！」

翔太くんの肩をお侍さんが、バンバンとたたいている。

クロトくんは、べつのお侍さんにかけよって、いつの間にか設置されていたカメラを、ふたりでのぞきこんでいた。

「え、ええっと、撮影、終わり……ってこと？」

きょとんとしていると、キヨくんがため息まじりに教えてくれた。

「着物を貸してくれたところで頼まれたんだ。ちょうど河原で、宣伝用のPVを撮る予定だったから、協力してほしいって」

なるほど、だから、とつぜんお芝居が始まったんだ……！

お侍さんたちは、着付け屋さんの人たちなんだって。

「ありがとうなあ。修学旅行、楽しんでや」

手をふって去っていくお侍さんたちを見送って、わたしはほーっと息をついた。

「なにごとかと思っちゃった。とつぜん時代劇が始まっちゃうし……」

「おれたちみんな協力したんだよ」

レオくんが、ぐるっとまわりを見まわした。

「衣装アレンジがおれで、動画撮影の演出がクロトだろ。脚本がキヨで、翔太がアクション」

すごいなあ……時間だって、ちょっとしかなかったはずなのに。

この人たち、やるってなったら、ぜんぶ本気なんだよね。

……まあでも、そこがカッコいいんだけど。

「それに、ゆずも参加してほしかったんだ。おれたち、チームだからさ」

翔太くんがニっと笑う。

みんなに、仲間って言ってもらえるの、やっぱりうれしいな。とつぜんでびっくりしたけど、
楽しかった！

みんなが観光客たちに、写真を撮られているあいだ。

「――ゆず」

ふりかえると、翔太くんが着物の懐から、なにかをとりだした。

お土産屋さんの小さな包みだ。

「これ、びっくりさせたおわび」

なかをあけると……あっ、桜のお花がついた髪かざりだ！

「かわいい！」

「だろ。ゆずに似合うって思ったんだ」

そう言うと、翔太くんはわたしの手から髪かざりをとった。

えっ、って思ってると、ずいっと手がのびてきて……ぱちんと髪にとめてくれる。

ちょっとはなれてまっすぐこっちを見て。

それから、ニっと笑ったんだ。

「やっぱり、すげえ似合う」

顔をあげて――ぱちり、と夜空の瞳と目が合う。

その瞬間、わたしは思いだしたんだ。

豪華客船のあの夜。

海の香りのする風、空にキラキラと輝く星。

燃えるような熱い瞳で、翔太くんはわたしを見つめていた。


——ゆずは……おれのだって、そう思った。


あの瞬間、跳ねあがった鼓動の音を、わたしは今も覚えている。

なんだか、翔太くんの顔が見られなくて、でも、ぎゅっと胸が痛くて。

「あ、ありがと……」

お礼を言うので、せいいっぱいだったんだ。

うう、どうしよう、こんなの心臓がおかしくなっちゃうよ！

そのときだった。

「——翔太くーん！」

どんっ！

「わっ！」

つきとばされて、よろよろとはしっこに追いやられる。

「ああ、ごめんね。見えなかったわ」

……朝木瑠璃ちゃんだ。

ルリちゃんは、うちのクラスの女王様。

すっごく美人で、クラスで一番人気のある女の子なの。だからルリちゃんには、みんな逆らえないんだけどね……。

ルリちゃんの着物は、舞妓さんの衣装だ！

金色や銀色、赤色の、色とりどりのお花が咲きほこる、豪華な着物……。

「どう、翔太くん！　似合うかな？」

ルリちゃんは翔太くんのことが、大好きなんだよね。

その、レンアイって意味で。

「――ちょっと待って！」

今度はだれ!?

反対側から、べつの女の子がかけよってくる。

たっぷりの布を使って、何重にもかさねられた着物は……十二単っていうんだっけ。

長い黒髪に真っ白な肌……まさしくお姫様な美少女が、扇子をびしっとこっちにつきつけてる。

「紫乃さん!?」

わたしは、思わず叫んだ。

結城紫乃さん。

同じ中学二年生で、結城財閥っていうお金持ちのお嬢さまなんだ。

「なんで青星の修学旅行にいるの!?」

だって紫乃さんは、青星学園の姉妹校の、星ノ宮女学院の生徒だよね。

「星ノ宮も研修旅行なのよ。ほんとはカナダだったんだけど、今年は京都にしてもらったの」

うちの修学旅行に合わせて、行き先を変えたってこと?

ええ……すごいなあ、紫乃さん。

紫乃さんが、どんっとルリちゃんを押しのけた。

「翔太くん、わたしの衣装も見て！　このためにつくってもらった、西陣織の着物なのよ」

わたしは、となりのレオくんを見上げた。

「西陣織って、京都の有名な織物だよね」

「ああ、一枚で何十万ってすることもあるよ」

……しかも、このためにつくったって……さすが、お嬢さま。

舞妓さん姿のルリちゃんが、じろっとにらみつける。

「ちょっと、うちの修学旅行をジャマしないでよ、よそ者なのに」

お姫様の紫乃さんが、扇をひらひらとかざした。

「翔太くんは、青星だけのものじゃないでしょ」

バチっと、ふたりのあいだに火花が散る……。

「ねえ翔太くん、どっちがかわいい⁉」

ふたりの声がそろった。

舞妓さんVSお姫様……こわぁ……。

あいだにはさまれた翔太くん、きっと困ってるんじゃないかなあ……。

あれ、翔太くん、ちょっとぼーっとしてる？

なんだか空を見上げて、心ここにあらず、って雰囲気だった。

「翔太？」

キヨくんが呼びかけた。

「あ、ああ、悪い。なに？」

ぱっと翔太くんが、こっちをむいた。今気がついた、って感じみたい。

……これって、めずらしいかも。

翔太くんって、女の子たちがいっしょうけんめいになってるの、苦笑いしてることはあっても、ちゃんと見ててくれる人だもん。

翔太くんはまわりを見て、慌てて、いつもの笑みを浮かべた。

「どっちも、すげえかわいいよ。朝木も、結城も――」

その夜空みたいな瞳が、こっちをむいた。

「それに、ゆずも」

ぎょっとした。とたんに、ルリちゃんと紫乃さんの視線が、ざくっとつきささる。

「あ……あはは」

っていうかさっきから、まわりの視線がほんとにこわいんだってば。

あーあ、わたしの平穏な修学旅行、どうなっちゃうんだろ……。

2 キーホルダーをさがせ

静かな竹林を歩きながら、わたしはそっと、髪に手をやった。
桜の髪かざりがそこにあるのを、たしかめて、おもわず顔がにやけた。
「――それ、翔太にもらったんだろ」
ふりかえると、キヨくんがこっちにむかって歩いてくるところだった。
「うん……」
わたしは、視線をそらした。すこし気まずかった。
実は夏休みの前、わたしはキヨくんに……なんと、告白されたんだ。
すごくうれしかったけど……その告白は断ったんだ。
キヨくんのことは、仲間として大好きで、大切。
でも恋ってなにか、わたし自身、まだわからなかったから。
それからキヨくんとのあいだは、ギクシャクしてたんだ。

そして豪華客船の事件があって、わたしとキヨくんは、ゆっくりもとの距離にもどろうとしてる。

早足になったキヨくんが、となりにならんだ。ちらっとこっちをむく。

「似合ってるよ、それ」

ほんのちょっと、キヨくんが笑った気がした。それでほっとした。

「ありがとう」

このままみんなとずっと、大好きな仲間でいたいな。

竹のあいだを、さあっと風が吹きぬける。

さやさや、さらさら。

キヨくんのとなりは、静かで安心する。

「いいな、こうやってふたりで歩くの」

顔をあげたさきで、そう言ったキヨくんと目が合った。

「こうやって、ずっと――」

「ゆずさん！」

明るい声が飛びこんできて、キヨくんががくーっと肩を落とした。

「……うるさいやつらが来た……」

苦い顔のキヨくんをよそに、紫乃さんが、ぱたぱたとかけよってくる。そのうしろには、翔太くんたちもいっしょだったんだ。

「ゆずさん、修学旅行の自由行動について、相談しましょう！」

「紫乃さんもいっしょにまわるの？」

「あたりまえでしょう。だって――ゆずさんは友だちだもの」

紫乃さんの笑顔は、ふわってお花が咲いたみたいに、かわいいんだ。

友だちかあ……。胸にあったかいものが、じわじわって広がっていく。

「もちろん、翔太くんたちもいっしょよ」

「えっ、翔太くんたちはSクラスでまわるんだよね？」

レオくんが涼し気な下駄の音を、からん、とならす。

「せっかくだから、いっしょにまわろうぜ。おれたちのグループは、翔太と、キヨ、クロト、おれと、あと――ユキ」

レオくんの後ろで、もうひとりの男の子が、ひらっと手をふった。

「よろしくね、ゆずちゃん」

相良雪くんだ。

ユキくんは、青星学園に二学期から転校してきた男の子なの。

翔太くんと同じで、運動神経抜群なんだよ！

銀色の髪に淡いブラウンの瞳。どこかはかなくて、妖精みたいなんだ。

「ユキとはサッカー部仲間だもんな」

翔太くんは、ほんとにうれしそうだった。

ユキくんは青星学園に馴染むために、転校前から行事に参加してたんだよね。

二学期から正式に学校の仲間になって、翔太くんと同じサッカー部に入ったんだって。

レオくんが、じっとユキくんの足もとを見つめていた。

「……いいな、ユキ。そのスニーカー、限定品だよな」

ユキくんは、着物の着付け体験に参加しなかったみたい。

白いパーカーに、デニム、足首まであるスニーカーは、真っ白ですごくカッコいいんだ。

「さすが、レオくん、よくわかったね！」

ユキくんがうれしそうに言った。

「おれ、それほしいってずっと思ってたんだよ」

レオくんはオシャレだから、こういうのもすぐに気がつくんだよね。

この五人と、紫乃さんと、いっしょのグループかあ。

……ものすごく、目立ちそうだなあ。

紫乃さんが、カバンのなかからタブレットをひっぱりだした。

「京都といえば、パワースポットよね。わたし、調べてきたのよ」

「パワースポット？」

「ええ。願いごとをかなえてくれたり、力をくれたりする場所のことよ」

なるほど、神社とかお寺とか、そういう場所だね。

「たとえば、清水寺の地主神社！　ここには恋占いや縁結びのご利益があるのよ。それから安井金比羅宮も縁結びと縁切りで有名なの」

「紫乃さん、たくさん調べてきてくれたんだ、すごいなあ」

「だってわたし青星学園の修学旅行のしおり、もらえないもの。だから自分で調べたのよ」

紫乃さんはむすっとしてるけど。

うーん、青星の生徒じゃないから、しかたないいんじゃないのかなあ……。

「へえ……。おれ、この地主神社ってとこ、行ってみたいな」

翔太くんが、横から紫乃さんのタブレットをのぞきこんだ。

あれ、翔太くんってこういう恋愛パワースポット、みたいなところに興味あるんだっけ。

「じゃあ、自由行動は、ぜったい地主神社にしましょう！」

顔を輝かせる紫乃さんに、わたしたちはうなずいた。

すごくわくわくしてきたかも。

みんなとまわる、あこがれの修学旅行……楽しみだなあっ！


竹林が続く道で、話しかけてきたのはユキくんだった。

翔太くんと紫乃さんが、ふたりでさきを歩いているのを見ながら、ぽつりと言った。

「翔太くん、ちょっと調子悪い？」

みんなが一瞬ユキくんを見た。わたしはつぶやくように言った。

「やっぱり、ユキくんから見ても、そう思う？」

「うん。実は、サッカー部でもみんな気にしてる。翔太くんがなにか悩んでるみたいで……」

言いにくそうに、ユキくんは声をひそめた。

「もしかしたら、お父さんとお母さんのことかも、って」

……翔太くんの両親は、実は、離婚寸前なんだ。

地主神社
地主神社
縁
えんむすびの神
地主神社
良縁
恋占いの石
安井金比羅宮
誠

サッカー選手のお父さん、赤月疾風選手と、弁護士のお母さん、花木沙織先生。

「翔太くんの様子がおかしくなったこと、前にもあるんだ。そのときも……お父さんとお母さんのことを、心配してたときだった」

翔太くんは、お父さんとお母さんが大好きだから、離婚してほしくなくて……仲なおりしますようにって、ずっとずっと、願ってるんだよ。

「家族のことって、悩むよね」

顔をあげると、ユキくんの淡い瞳が、ゆらゆらと揺れていた。

クロトくんが聞いた。

「たしか、ユキは妹がいるんだっけ」

「うん。しばらく会えてないんだけどね」

ユキくんの妹は体が弱くて、空気のいいフランスで過ごしてたことがあるんだって。

淡いまつ毛が瞳に深いかげを落とす。それがすごくさびしそうだった。

わたしはおもわず言ったんだ。

「早く治るといいね」

「うん。ぼくはそのためなら――なんでもするつもりだよ」

ぱちり、とその瞳がまっすぐに前をむいた。透きとおるように、不思議と淡く輝いている。

それを見てなんだか……わたしは、ぞくっとしたんだ。

ユキくんが、ぱっとこっちをむいた。

「そういえばゆずちゃん、バッグのキーホルダー、どうしたの？」

「えっ？　……あ、ほんとだ！」

荷物の番号札がわりに、ネコのキーホルダーをつけてたはずなのに、なくなってる！

「どうしよう、あれがないと荷物をかえしてもらえないよ」

「さがせば見つかるかもしれない。手分けしよう」

キヨくんが、前の翔太くんのところにかけていった。レオくんとクロトくんも、それぞれ、歩いたところをさがしてくるって、走っていく。

「ぼくは竹林の入り口を見てくる。ああ、でも――」

ユキくんが言った。

「いつなくなったかがわかれば、カンタンに見つけられるかもしれないんだけどな」

かけだしたユキくんの背中を見つめながら、わたしはつぶやいた。

「いつ……かあ」

……それなら、わかるかもしれない。
実は、わたしにはひとつ、不思議な力がある。
一度見たものを、ぜったいに忘れないって力なんだ。
この力を、わたしはカメラアイって呼んでる。
これのせいで……小学校のときにわたし、変だってイジメられてたんだよね。
でも、Sクラスのみんなはちがった。この力を、すごいって言ってくれた。
だからわたしは、みんなの仲間になりたいって、思ったんだよ。
きゅう、と目をとじる。

キュイイイン！

この力を使うと、まるで海に背中から沈んでいくみたいになるの。
ぶわああって、まわりを記憶が吹きあがっていく。
キーホルダーがいつなくなったかがわかれば、見つけられるかも、なんだよね。
ええっと、今日行ったところをエリアで分けてみよう。

着付け屋さん、河原、あと竹林……。

そうしてわたしは、その記憶に手をのばしたんだ！

見つけた……っ！


ぱっと目をあけた。

……うん、よかった。あんまりつかれてない。

この力って、いっぱい使うとつかれちゃうんだ。だから、一日にたくさん記憶をひきだすことはできない。

でも、わたし、カメラアイをうまく使えるようになってる気がする。

今も、エリアに分けてさがすってことを思いついたから、思いだす量がすくなくてすんだの。

これってEYE－Sのおかげだよ。

キヨくんの観察力に、レオくん、クロトくんの知識に、翔太くんの勢い！

みんなといるあいだに、わたしもみんなに影響を受けてるんだ。

それってすごいことだよね！

わたしは、ひきだした記憶をじっくり思いかえしてみた。

「河原まではあったんだよね……」

街中と河原ではちゃんとあった。でも竹林でカバンが目に入ったときは、もうなかった。だとすると、この近くでなくしたんだ。

紫乃さんがぱたぱたとかけよってきてくれた。

「いっしょにさがしましょう、手伝うわ」

「うん。たぶん落としたのは、竹林の入り口だと思うんだ」

ふたりでもとの道をもどりながら、道の左右を確認する。

もうすぐ竹林の入り口ってところで、紫乃さんが声をあげた。

「ゆずさん、あったわ！」

竹林からはなれた細い道、その柵にネコのキーホルダーがちょん、とひっかかってる！

「カバンからちぎれて落ちたのを、だれかがひっかけておいてくれたのね」

「よかったあ」

キーホルダーを手にとって、わたしは首をかしげた。

「……あれ？　キーホルダーの金具が、こわれてない」

落としたんだったら、金具はこわれてるはずだよね。……なんだか、イヤな予感がする。

「もしかして……盗まれたのかな」

「ねえ、これ見てゆずさん」

紫乃さんが、キーホルダーがかかっていた柵をさした。

そこには、小さなカードが一枚、とめられていた。


――ごめんね、おつかれ様。


「……まただ」

思わずそう言うと、紫乃さんが、目を見ひらいた。

「また？　ゆずさん、またってどういうこと？」

「……実は、こういう変なことが起きるの、今日が初めてじゃないんだ」

わたしは、ちょっとだけためらって、それから口をひらいた。

「このあいだ学校で、先生に資料室の整理を頼まれたんだけど……資料室からほんのちょっとはなれた瞬間に、整理したはずの資料が、ぐちゃぐちゃになってたんだよね」

それでカメラアイを使って、もとにもどしたの。

もとの場所になにが収まってたか、ぜんぶ覚えてたから。

……って、これは紫乃さんには言えないんだけどね。

この力のこと、実は紫乃さんにはまだ……ちゃんと伝えてないんだ……。

わたしはカードを手にとった。

「そのときも、このカードがおいてあったんだ。〝おつかれ様〟って」

紫乃さんが首をかしげた。

「なにそれ？　だれかがゆずさんにいやがらせをして、謝ったり、ねぎらったりしてるってこと？　……意味がよくわからないんだけど」

「わたしも……」

「とにかく、翔太くんたちに相談したほうがいいわ」

「待って！」

わたしは、慌てて紫乃さんの手をつかんだ。

「紫乃さん、お願い。みんなに内緒にしててほしいの」

「えっ、どうして？」

「……うーん、この犯人、あんまりこわいって感じしないし……」

いやがらせとかイジメみたいな、こわくてイヤな雰囲気はしないんだよね。

この〝おつかれ様〟カードのせいかもしれないけど。

「それに、今日から修学旅行だもん」

いっぱい笑って、遊んで、みんなで楽しみたいもんね。

「わたし、ひとりで解決してみせるよ！」

紫乃さんは、すこしだけ困った顔をした。

「……わかったわ」

まゆがさがって、まるくて大きな黒目がゆらゆらと揺れている。

すごく心配してくれてるってわかる。

「でも、ゆずさんがほんとにあぶないって思ったら、そのときはみんなに相談して。約束よ」

「うん、約束」

ふたりで、ふふって笑いあった。

なんだか、心がぽかぽかして、うれしかった。

3　翔太くんとヒトミさん

「……すごい」

バスから降りて、わたしはぽかん、とその旅館を見つめていた。

ここは千宮旅館。京都の東――東山にある旅館なんだ。

建物は大きなお寺みたい。瓦屋根がずらーっと続いていて、荘厳って言葉がぴったりだ。

あちこち、やさしいお香のにおいがした。

今日から二日間、わたしたちはここに泊まることになっている。

お庭には真っ白な砂や、松の木がある。奥はそのまま、裏の山につながってるのかな。

男子棟と女子棟で、はなれ（別の建物ってことだよ）が分かれてるんだって。

女子棟のお部屋に荷物をおいて、わたしはさっそく、ロビーにやってきた。

これから夕方までグループの自由行動になってるんだ。

「ゆず、こっち」

キヨくんがロビーの奥から手をふってくれた。

あっ、みんなもうそろってる。もちろん紫乃さんも！

翔太くんが、懐かしそうに、ぐるっとまわりを見まわした。

「久しぶりだな、懐かしいや」

「もしかしてこの旅館に来たことあるの？」

そう聞くと、翔太くんがうなずいた。

「ここ、思い出の場所なんだ」

そうして、ちょっとさびしそうな顔をする。

「……父さんと母さんの」

わたしたちは、ちらっと顔を見あわせた。

やっぱり翔太くん、様子がおかしいみたい。

いつもの太陽のような笑顔じゃなくて、落ちこんでるみたいな弱々しい顔をしてる。

「父さんも母さんも旅行が好きでさ。小さいころ、いつもここに泊まってたんだ」

翔太くんの目には、もしかしたら、お父さんとお母さんが仲よしだったころの思い出がうつってるのかもしれない。

そう思うと、なんだか切なかった。

そのとき、ふいにやわらかな声がした。

「――久しぶりやね、翔くん」

カウンターの奥から、ぱたぱたとかけよってきたのは、女の子だ。

とてもかわいい着物を着てるんだ。

白色の着物に、紅葉の柄。はらはらと舞い散る葉っぱが、すごくきれい。

ぱっつりと肩で切りそろえられた、黒い髪。真っ白なユリの花の、かんざしがかざられている。

目はとろりと甘く垂れていて、ピンク色のグロスがよく似合っていた。

「翔くんが来るていうから、うち、おめかししたんやよ」

わあ、京都の言葉だ！　こういうの、はんなり、っていうんだよね。かわいい……っ！

きょとんとしていた翔太くんが、ぱっと目を見ひらいた。

「ヒトミだ！　久しぶりだなあ」

となりで紫乃さんの目が、ギランっと光る。

「ねえ翔太くん、お知り合い？　………仲よしみたいね」

わあぁ、紫乃さんすっごく笑顔なのに、声がつめたい。

でもたしかにこの女の子、翔太くんのこと〝翔くん〟って呼んでた。

わたしたちは、だれもそんなふうに呼ばない……特別な呼び方だ。

「みなさん、ようおいでやす。千宮瞳いいます。千宮旅館の女将の娘です」

ヒトミさんは、両手をかさねてすっとお辞儀をした。

凛、とした涼しい風が吹いたみたい。

ヒトミさんは、ひとつひとつの動きが、ものすごくきれいなの。

「――それで」

……あれ。今ヒトミさんの目も、ギランって光らなかった？

紫乃さんをじろっとにらみつけているような……。

「そっちこそ、翔くんのなんやろ？」

紫乃さんが負けじと、にこっと笑う。

「結城紫乃よ。星ノ宮女学院中等部二年生」

「そうなん？　青星学園の修学旅行やて聞いてるけど、なんでべつの学校の子がいてはるの？」

「だって、好きな人の旅行にはついていきたいでしょ？」

紫乃さんは胸を張って、どうどうとそう言った。

紫乃さんは、翔太くんに告白したことがある。

でも翔太くんは、それを断ったんだ。今はまだ、恋愛のこと考えてる余裕がないからって。

それから紫乃さんはずっと、翔太くんにふりむいてほしくて、がんばってるんだよね。

翔太くんは気まずそうに髪をくしゃっとしてる。レオくんとクロトくんは、おおーって拍手して、キヨくんは……あんまり興味ないみたいだった。

ふうん、とヒトミさんがつぶやいて、ちらっとこっちをむいた。

「そっちの人は？」

わたし!?

「……春内ゆずです。青星学園中等部の二年生で、翔太くんとは、仲間……です！」

わたしも、いっしょうけんめい胸を張った。

わたしたちは、EYE―Sっていう仲間の絆でむすばれてる。

それって、カッコよくて誇らしくて、だいじにしたいもん。

ヒトミさんが、目をきゅっと細めた。

「へえ……仲間、ねえ」

うーん、なんだか、品定めされてるみたいで、ちょっとこわい……。

ヒトミさんは、ほろほろと笑った。

「うちは翔くんのこと、小さいころから知ってるんよ」

キヨくんが、ちらっと翔太くんのほうをむいた。

「この旅館、よく来てたって言ってたよな」

「ああ。京都って寺とか神社ばっかで。小さいころはつまんなくてさ。父さんと母さんが観光に行ってるあいだ、おれずっと、ここでヒトミと遊んでたんだよ」

な、と翔太くんがヒトミさんを見た。

「うん、覚えててくれてうれしい！」

ほら、とヒトミさんが、スマートフォンの画面を見せてくれる。

そこにうつってるのは、小さいころのヒトミさんと……翔太くんだ！

今の翔太くんを、そのまま小さくしたみたい。水風船を片手に、ニカってまぶしく笑ってる。

ふたりとも浴衣だから、お祭りのときの写真なのかも。

翔太くんが画面をのぞきこんだ。

「うわー、懐かしいな。これ祇園祭のときだよな」

「うん。ふたりで行ったの覚えてる？」

ヒトミさんは髪のかんざしに触れた。真っ白なユリの花がちゃら、と揺れる。

「あのとき射的でとってくれたんやで、このかんざし」

その瞳に熱がこもった気がした。

ヒトミさんは、本気で翔太くんに恋をしてる。

そう思ったら、ずき、っと、胸が痛くなった。

おもわずわたしも、自分の髪かざりに触れた。

桜の花びらの髪かざり。翔太くんが嵐山でくれたんだ。

……これって特別なんかじゃない。翔太くんにとっては、なんでもないことだった。

そんなことわかってたはずなのに、つらくて、さびしい気持ちになる。

……なんでなんだろ。

わたしは、ぶんぶんと首をふった。そんなこと、考えてる場合じゃないよね。

「あっ、わたし、先生から頼まれごとがあったんだった」

わたしは思いだして、カバンに手をつっこんだ。先生からわたされた、修学旅行のしおりをひっぱりだす。

「ヒトミさん、女将さんはいますか」

「受付にいてるけど、どうしはったん？」

「修学旅行のしおりを、宿に提出しておくようにって言われてるんです」

「そう、おおきに。うちがあずかっとくわ」

ヒトミさんにしおりをわたした、そのとき――。

「――なんやの、これ⁉」

だれかの悲鳴が聞こえた。ヒトミさんが慌てて受付をふりかえる。

「お母さんやわ！」

この旅館の女将さんってことだよね。なにかあったのかな……。

わたしたちは、かけだしたヒトミさんを追いかけたんだ。

受付の奥の部屋で、女将さんは困ったようにテーブルを見つめていた。

うす桃色の着物の、きれいな人だ。甘く垂れた目がヒトミさんに似てる。

「お母さん、どないしたん？」

「ああ、ヒトミ。今とどいたお手紙なんやけど、これなんや思う？」

困惑したように、女将さんがテーブルをさした。そこには封筒がひとつ。

なかから、ブラックのカードがはみだしていた。真ん中には金色の星がひとつ、輝いている。

みんな息をのんだ。

〝『黄金の蝶』をいただきます〟


こ……このカードって……っ！

翔太くんが、うなるように言った。

「怪盗ステラだ」

――怪盗ステラ。

今、世界中をさわがせているドロボウなんだ。

変装の天才で、本当の顔も性別もだれも知らない。

ステラにねらわれたものは、ぜったいに盗まれてしまうんだって。

わたしたち、実はステラの事件を解決したことがあるんだ。

夏休みも豪華客船で、対決したばかりだった。

……けっきょく、そのときはステラにねらわれていた絵を、盗まれちゃったんだけどね。

クロトくんが聞いた。

「『黄金の蝶』って、なんですか？」

「うちの宿に伝わる伝説の宝物やの。むかし、この千宮旅館はお寺やってね……そこには、『黄金の蝶』っていう宝物があったんやて。これぐらいの――」

女将さんが両手を、縦に広げた。二十センチぐらいかなあ。

「――置物らしいんやけど、ぜんぶ黄金でできてるんやって」

「すっげえお宝じゃん！」

翔太くんが、目をまんまるにしてる。

だってぜんぶ金だもん！　何千万……ううん、もしかしたら、何億かも……。

女将さんは不安そうに、ステラのカードを見おろした。

「これ、本物やろか。ステラってほんまにいたはるん？　いたずらやないの？」

ステラは海外では有名だけど、日本じゃあんまり知られてないんだよね。

レオくんが腕を組む。

「……いたずらだと思うか？」

首を横にふったのは、クロトくんだ。

「ステラが『黄金の蝶』をねらってるのは、まちがいない。そのカードは本物だからね」

翔太くんが目をまんまるにする。

「……さすが、クロト」

クロトくんは、ステラの星マークが本物かニセモノか、見分けることができるんだ。人によって描き方にクセがあるらしいんだけど……わたしには、ぜんぜんわかんない。

さすが、芸術家のクロトくんだ！

翔太くんが、ぐぐっとこぶしをにぎりしめた。

「ステラは本当にいます。それに、一度盗むと言ったものは、ぜったいに手に入れるやつです」

「警察に連絡したほうがいいと思います」

キヨくんの言葉に、女将さんが「でも」とつぶやいた。

不安だけど、ちょっと困惑してるみたい。

「警察は呼ばれへんよ。だって……『黄金の蝶』が本当にあるんか、わからへんもん」

……えっ？

わたしはおもわず聞いた。

「わからないんですか？」

「そうえ。だって『黄金の蝶』は伝説の宝物やもん。ほんまにあったのか、今どこにあるんか、もしかしたら、どこにもないのか。わたしも、わからへんよ」

「それじゃあステラは、あるかどうかわからないものを、ねらってるってこと？」

わたしが言うと、キヨくんが首をひねった。

「……なんのために？」

「やっぱり、お金がほしいからかしら。実在したら、何億ってお金になるわ」

紫乃さんの言葉に、翔太くんが、ぽつりとつぶやく。

「いや……たぶんちがうよな」

わたしたちは、ステラの盗んだものを調べたことがあったの。

ハッピー・ファンタジーパークっていう、遊園地の銅像。それから幻の絵本や、宝石のついたぬいぐるみ。そして、小さな赤いおうちが描かれた絵。

どれも価値があるけど、ステラがねらう理由はそれだけじゃないって、思うようになった。

でもどうしてステラが怪盗をしてるのか、わたしたちにはまだ、わからないんだけどね。

女将さんが、肩をすくめた。

「もしかしたら、ステラも『黄金の蝶』の言い伝えを信じてたりしてね」

言い伝え？

「――……病気を治す」

わたしたちは、はっとふりかえった。

ぽつりと言ったのは、ユキくんだ。

「テレビで見たことあります。『黄金の蝶』に願えば……どんな病気も治してくれる」

ユキくんの声は、すごく真剣だ。

でも女将さんは、ぱたぱたと手をふった。

「そんなん迷信やよ」

キヨくんがむずかしそうな顔をした。

「……もし『黄金の蝶』が実在するとしても、そんな魔法みたいなことは現実的じゃない。ステラが、信じるとは思えないけどな」

怪盗ステラの姿を、わたしは思いだしていた。

星空の下、キラキラ輝くアクセサリーがついた、漆黒のコートをまとっている。

黒いシルクハットの下、口もとはいつも余裕って感じで、笑っているんだ。

事件の計画はいつだって、緻密（計算されつくしてる、ってこと）で、カンペキ。

「たしかに迷信とかあやふやなもの、信じそうにないよね」

「……そうかな」

静かにそう言ったのは、ユキくんだった。

いつも妖精みたいな、幻想的で淡い笑みを浮かべているのに、今はひどく沈んでいる。

「わかってたって、そういうものにすがりたくなるときが……あるんじゃないのかな」

なんとなく、みんなしん、と静まった。

翔太くんが、ユキくんの肩に手をのせる。

「ユキ、だいじょうぶか?」

次の瞬間、ユキくんはぱっと顔をあげた。

「――なんてね」

無理やり、明るく笑っているみたいだった。

とにかく、とキヨくんがわたしたちを見まわした。

「そもそも『黄金の蝶』の場所を、だれも知らないんだ。実在するかもわからないから、警察も呼べない。おれたちもステラも、今はなにもできない」

今は、動きようがないってことだよね。

「でも、ステラが来たらおれたちが守ります」

翔太くんがキリっと顔をあげた。女将さんはそれで、ちょっと安心したみたい。

うーん、なんだか修学旅行も、大変なことになってきちゃったなあ。

そのとき、先生が受付から、ひょいっとこっちをのぞきこむのが見えた。

「おーい、お前たち、早く出発しろよ。っていうか、なんでそんなとこにいるんだよ」

「うわ、すみません！」

翔太くんがぺこっと頭をさげる。

こういう礼儀正しいところ、翔太くんは先生にも、一目おかれてるんだ。

「行こうぜ。修学旅行もちゃんと、楽しまねえとな」

翔太くんのあとを追いかけながら、わたしは、キヨくんがぽつりと言ったのを聞いた。

「ステラはどうして今日、予告状をだしたんだ。……おれたちが来るのを待ってたみたいに」

……たしかにそうだ。

なんだかぞくっとした。

わたしたちは、そのときまだ知らなかったんだ。

これが、ステラの正体を知るきっかけになる、その事件の始まりだってこと。

4 清水寺と、恋というもの

京都の東山には、すごく有名なお寺がある。
そのうちのひとつが、清水寺。
山の横に張りだすみたいに、大きな屋根のお寺が青空にそびえている。
太い柵のむこうには木が広がっていて、深いグリーンの海みたい。
右手には京都の街が見おろせるんだ。あっ、あれ、京都タワーだ！
ちょっと甘くてほっとするお香が、ふわっと満ちている。
いいにおいだなあ……。
……………こんなふうにほっこりしてるのは、ちょっと現実逃避でもある。
だってわたしの後ろでは……。
ヒトミさんと紫乃さんが、バチバチってにらみあってるから。
「なんで、あなたがいるのよ」

紫乃さんがにらみつけたさきでは、ワンピースに着がえたヒトミさんが、はんなり笑っている。

「今日は学校ももうおわったさかい、うちがこのへん案内したげよ思て」

それに、とそろえた指先を口もとにあてる。

「結城さんかて、ついてきてはるやん？　他校の人やのに？」

「う……」

……紫乃さんが言い負かされてるの、初めて見た。

むすっと頬をふくらませた紫乃さんは、ぱっとわたしの手をとった。

「あの子には負けないんだから。ここで勝負を決めるわ！」

ここって……。

「ここは、縁結びのパワースポットなのよ！」

紫乃さんが案内してくれたのは、地主神社、っていう神社。清水寺の境内にあるんだよ。

地主神社は、とにかくすごい人だった。それも特別、女の子が多い気がするんだ。

ヒトミさんが、翔太くんを手まねいた。

「翔くん、これやらへん？」

境内のまるい石をさす。よく見ると、まっすぐはなれたところにもうひとつ石がある。

「『恋占いの石』やねん。目をとじたまま、この石からあっちの石にたどりつけたら、恋の願いがかなうんやって」

すごくおもしろそうだ！

でも翔太くん、こういう恋愛とか占いみたいなこと、あんまり興味なさそう――。

「――やる」

「えっ？」

わたしはふりかえった。翔太くんはやる気まんまんで、赤いパーカーの袖をまくっている。

「願いがかなうんだよな、じゃあ、おれがんばるよ」

その声が真剣で、ちょっとびっくりする。

ユキくんがとなりで、ぽそっとつぶやいた。

「この占い、翔太くんにはあんまり、むいてなさそうだよね」

「えっ、どうして？」

「普通は目をとじたまま、まっすぐ歩けないでしょ？　だから願いごとをしながら歩くことで、占いになると思うんだけど――……」

「よし、行くぞ！」

気合い入れて、翔太くんがぎゅっと目をとじた。

そのまま、一歩ふみだして、二歩、三歩……。

あ、あれ？　よろけないし、ぜんぜんブレないまま、まっすぐ歩いてる……。

ユキくんが肩をすくめた。

「やっぱり……」

レオくんが、あきれたように笑った。

「あー、翔太って、体幹もカンも運動神経もいいから、まっすぐ歩けちゃうんだな」

ほんとに、占いの意味ないじゃん！

あっさり、むこうの石までたどりついた翔太くんは、あれって首をかしげていた。

「なあ、これカンタンなんだけど」

キヨくんが、ひらひらと手をふる。

「お前以外はカンタンじゃないんだよ、神様に謝れ……」

うーん、きっと神様もびっくりしてるんじゃないかな。

なんだか不満そうにもどってきた翔太くんに、わたしたちはくすくすって笑ったんだ。

神社の建物は、朱色で彩られている。

あざやかでまばゆくて、こういうの極彩色っていうんだよね。

見てるだけでぞくっとするような、不思議な力がある気がする。

さすがパワースポット……。

そんな境内のはしで、わたしは、紫乃さんがなにかを見つめているのに気がついた。

「ゆずさん、あれ見て」

そこには木が一本立っている。いくつも、小さな穴があいていた。

「クギのあとだわ」

ぼそっと、うしろで低い声がした。

「──丑の時参りだね」

うわっ！　びっくりした！　ふりかえると、クロトくんが立っている。

にこにこと笑ってるけど……その目がきゅうっと細くて、なんだかぞくぞくする。

「憎い人を呪う方法だよ。まずはわら人形を用意するんだ」

クロトくんが、そっと声を低めた。

「それを丑の刻……夜中の二時ごろに太いクギで……木に打ちつける」

おもわず、想像してしまった。

だれかのことを憎んで、人形にクギを刺す。

何度も、何度も、金槌で打ちつける。

カーン……カーン……。

そんな音が、こだました気がして、わたしは、ぎゅうって手のひらをにぎりしめた。

わたし、オバケとか怪談とか、ぜんぜんダメなんだってば……!

「あんまりおどかすなよ、クロト」

そう言って顔をだしたのは、キヨくんだった。

「安心しろ、ゆず。クロトの言ってるのは怪談みたいなものだ」

「そうなの!?」

「ああ。本当は、願いごとをかなえる儀式だって話もある。それが、物語とか伝説とか、いろいろまざって、いつの間にか怪談みたいになっちゃったんだよ」

キヨくんって、なんでも知ってるんだなあ。

ん？　……待って、っていうことは……。

「クロトくん、もしかしてわたしのこと、おどかしたの!?」

にこっと、クロトくんが笑った。

「だって、こわがってるゆずちゃんがかわいいから」

うー……クロトくんって、こういうところがあるよね！

いつもやさしくてほわほわしてるのに……時々ちょっといじわるだ。

キヨくんと、クロトくんが境内にもどっていったあと。

紫乃さんが、「でも……」と、言った。

「きっと、本当にだれかを呪っちゃった人も、いるのよね」

「え……？」

「もちろん、人を呪うなんてだめよ。でも……ちょっとだけ、その気持ちもわかるの」

紫乃さんの澄んだ瞳のさきには、翔太くんがいる。

その横にはいつの間にか、ヒトミさんが寄りそっていた。

「……だれかを好きって、うれしくて、キラキラした気持ちになって……でも同じぐらい、嫉妬で苦しくなったり、不安になったりするもの」

紫乃さんがぎゅっと、手のひらをにぎりしめる。

「それが、ぜんぶ恋だわ」

紫乃さんは、ぱたぱたと翔太くんのほうに走っていった。
残されたわたしは、なんだか、考えこんでしまった。
恋、かあ。
ぐるっと境内を見まわす。
恋占いの石の前で、両手を組んで、本気で祈っている人。
いっしょうけんめい、絵馬を書いている人。
息をのんで、おみくじの結果を見つめている人。
ここにいる人たちは、きっとみんな恋をしてる。
キラキラしてまぶしくて……すっごくステキだ。
わたしもいつかだれかに、恋をする日が来るのかな。
風が吹いた。
吹きちらされる前髪のむこう——その人が真剣な顔をしてる。
黒い髪、きりりとした目。ぎゅっとむすばれたくちびる。
そのまっすぐな瞳が、わたしをとらえる。
そうして太陽みたいに笑って……わたしの名前を呼ぶんだ。

「――ゆず」

翔太くんが、手をふっている。

ぎゅうっと胸が痛くなった。

ぶんぶんって首をふって、わたしは、慌てて翔太くんにかけよった。

「なにしてたんだよ、ゆず。境内でぼーっとして」

「なんでもないよ」

わたしは、ごまかすみたいに、えへへって笑った。

すぐそばでは、紫乃さんとヒトミさんがおみくじをひいて、どっちが大吉か競っていた。

……このふたり、けっこう仲よしだったりして……。

「翔太くんはなにしてたの？」

「お守り買ってたんだ」

ほら、と翔太くんが、カバンを見せてくれた。

地主神社の、お守りの袋がいくつも見える。わあ、たくさん買ったんだ！

翔太くん、どうしたんだろう。

恋占いの石にもお守りにも、すごくいっしょうけんめいで――。

郵便はがき

料金受取人払郵便

神田局承認

6611

差出有効期間
2025年
5月31日まで

101-8051

050

神田郵便局郵便私書箱4号

集英社みらい文庫

2025春読フェア係行

3月刊

みらい文庫2025春読フェアプレゼント

抽選で「霧島くんは普通じゃない」限定図書カード(2,000円分) 200名に当たる!!

応募方法 このアンケートはがきに必要事項を記入し、帯の右下についている応募券を1枚貼って、お送りください。

発表:賞品の発送をもってかえさせていただきます。

しめきり:2025年5月31日(土)

ここに応募券を貼ってね!

みらい文庫春読フェアプレゼント2025 応募券 250531

ご住所(〒　　－　　)

☎　　(　　)

お名前

スマホを持っていますか? はい ・ いいえ

学年(　　年)　年齢(　　歳)

性別(男・女・その他)

この本(はがきの入っていた本)のタイトルを教えてください。

いただいた感想やイラストを広告、HP、本の宣伝物で紹介してもいいですか?

1. 本名でOK　2. ペンネーム(　　　　)ならOK　3. いいえ

※お送りいただいた方の個人情報を、本企画以外の目的で利用することはありません。資料として処理後は、破棄いたします。

※差出有効期間を過ぎている場合は、切手を貼ってご投函ください。

れからの作品づくりの参考とさせていただきますので、下の質問にお答えください。

この本を何で知りましたか?

1. 書店で見て　2. 人のすすめ（友だち・親・その他）　3. ホームページ
4. 図書館で見て　5. 雑誌、新聞を見て（　　　　　　）
6. みらい文庫にはさみ込まれている新刊案内チラシを見て
7. YouTube「みらい文庫ちゃんねる」で見て
8. その他（

この本を選んだ理由を教えてください。（いくつでもOK）

1. イラストが気に入って　2. タイトルが気に入って　3. あらすじを読んでおもしろそうだった　4. 好きな作家だから　5. 好きなジャンルだから
6. 人にすすめられて　7. その他（　　　　　　）

好きなマンガまたはアニメを教えてください。（いくつでもOK）

好きなテレビ番組を教えてください。（いくつでもOK）

好きなYouTubeチャンネルを教えてください。（いくつでもOK）

好きなゲームを教えてください。（いくつでもOK）

好きな有名人を教えてください。（いくつでもOK）

この本を読んだ感想、この本に出てくるキャラクターについて自由に書いてください。イラストもOKです♪

急にすっと心が冷えた。もしかして……。

「翔太くんも……だれかのこと好きなの？」

気がついたら、そう聞いていた。

いやいや、わたし、なに聞いちゃってんの⁉

翔太くんが、「あー……」って、言いにくそうに、視線をそらした。

ほら、翔太くん、すっごく困ってるじゃん！

「これ、おれのためじゃないんだ」

わたしはきょとんとした。

「……父さんと、母さんのためなんだ」

翔太くんは、ムリに笑った。

「ここって縁結びの神社だから……ふたりが仲なおりしますように、って」

そっか……。だから翔太くんは、こんなにいっしょうけんめいだったんだ。

「……もう、神様にお願いするしかないんだよな」

さびしくてかなしい声を聞いていたら、たまらなくなった。

手をにぎりあわせて、ぱっとお社のほうをむく。

えっとたしか……神様に挨拶するのって、特別な作法があるんだよね。

礼を二回、拍手をふたつ、もう一度、礼。

「ゆず？」

「お願いするなら、ひとりよりふたりだよ」

それから手を合わせて、じっと目をとじた。

「神様お願いです。翔太くんはお父さんとお母さんが、大好きです。それに毎日、いっしょうけんめいがんばっています。だから翔太くんの……お願いごとをかなえてください」

ふいに、風が吹いた。

カラン、と、どこかで絵馬と絵馬がぶつかる、軽い音がする。

それが神様からの、返事みたいだった。

「神様だって、ふたりぶんのお願いごとなら、きっと聞いてくれるよ」

翔太くんが、目をまるくして。そうして笑ったんだ。

「……ありがとな、ゆず」

それはいつもの、太陽みたいなまぶしい笑顔じゃなくて。

とろんってとろけたハチミツみたいに、甘くて、やさしくて……。

顔に熱がのぼる。
たがいの鼓動が聞こえるほど、距離が近い。
頭のなかがぐるぐるしてきて、もう心臓が爆発する！
「おれ、元気でた。よし、もう一回占いやってくるぜ！」
走りだした翔太くんを、わたしは呆然と見つめるしかなかった。
きっとあの占い、翔太くんには意味ないよ……なんて言う余裕だってなかった。
……なに、今の笑顔。
ええええ……翔太くんって、あんなふうに、笑うの⁉
ずるずるって、その場にしゃがみこむ。
あんな笑顔、初めて見た。
熱くなった顔を必死に冷ましていたわたしは、見ていなかったんだ。
ヒトミさんが、つめたい目でじっと、こっちを見つめていたことを。

5　この思い出を忘れたくない

清水寺の入り口で、わたしたちはキヨくんを待っていた。

「悪い、待たせた」

「どうだった、音羽の瀧？」

もどってきたキヨくんに、ユキくんが聞く。

「ああ、ちゃんと飲めたよ、滝の水」

キヨくんはみんなとはなれて、清水寺の『音羽の瀧』をお参りしてたんだって。

『音羽の瀧』っていうのは、山から流れる三本の細い滝のこと。一本ずつにそれぞれちがう意味があって、自分の願いごとに合った滝の水を飲むといいってウワサがあるんだって。

えっとたしか……。

「延命長寿と恋愛成就、学業成就やね。どれ飲まはったん？」

ヒトミさんが教えてくれる。さすが……旅館の娘さんだけあってくわしいんだ。

キヨくんが言う。

「学業成就。おれたち来年は受験生だからな」

ああ、そっか。わたしたちは来年、中学三年生になる。

高校受験のことを考えなくちゃいけない時期だ。

紫乃さんが首をかしげた。

「佐次くんなら推薦で、青星の高等部に行けそうだけど」

「おれ、外を受けるかも」

「外部受験ってこと？」

わたしは、おもわず声をあげていた。みんなも、おどろいているみたいだった。

「わからないけど、そういう準備もしとかなくちゃいけないってこと」

キヨくんが歩きだして、その話はそこでおわっちゃったんだ。

でもわたしは、ずっとぐるぐる考えていた。

――わたしたちはいつか、高校生になる。

そのときキヨくんは青星にいないかもしれない。

レオくんも、クロトくんも……翔太くんだって、ちがう道を歩むのかもしれない。

……心のなかにつめたい風が吹く。
それはちょっと、さびしいな。
前を歩くみんなの背中を見つめながら、そう思ったんだ。

清水寺の前からふもとにむかって、ゆるやかな坂が続いている。
あたりを見まわして、翔太くんが言った。
「あれ、ユキは？」
「先生に呼ばれて、さきに旅館にもどるってさ」
キヨくんが言った。転校生だから、先生もいろいろと心配なのかもしれない。
坂の左右にはびっしりと、食べ物屋さんやお土産屋さんがならんでるんだ。
八つ橋にソフトクリームに、抹茶カプチーノ……。
うーん、どれもおいしそうで目移りしちゃうよね。
そのときだった。なにかがキラっと光った気がして、おもわずそっちのほうを見た。
細い路地に、足をふみいれる。
ここは、東山にむかう坂につくられた街だから、あちこち路地や階段が多いんだよね。

「ゆず、なにかあったのか？」

キヨくんの声がした。後ろをふりかえると、みんながついてきてくれてたんだ。

「うん、たぶん、ここなんだけど……」

路地の奥に、お土産屋さんがあった。

ガラスの大きな玉がつるされていて、キラキラと夕暮れの光を反射してる。

さっき光ったのは、これだったんだ！

看板には『ガラスのお守り』って書いてあった。

木の扉を、からん、とあける。

「――へぇ、修学旅行生さん？　めずらしいわあ、こんなとこまで」

なかは、小さなお土産屋さんだった。緑色のエプロンをしたお姉さんが、出迎えてくれる。

「このあたり、ずいぶん奥まってるやろ。だから、お客さんあんまり来はらへんねん。今日も、きみらが初めてのお客さん」

こんなステキなのに……！

「アクセサリーみたいだ、すごくきれいだな……！」

レオくんが顔を輝かせて手にとったのは、真っ白なガラスに、緑と青色がくるくるまざったガラス玉だった。ところどころにゴールドが散ってるのが、すごくオシャレ！

金色の組みひもで、むすばれてるんだ。

クロトくんも、目の前のガラスのお守りをまじまじながめていた。

ブルーのガラス玉に、あざやかなイエローがにじんでいる。組みひもは、さわやかな緑色。

「ゴッホの『ひまわり』みたいだ」

クロトくんは、芸術家の瞳で、それを見つめていた。

「見て、翔太くん、ハート模様だわ」

紫のガラス玉に、キラキラのハートを散らしたお守りを手にとった紫乃さんと――。

「かわいいだけやのうて、ちょっと大人びてるほうがええんとちがう？」

クリアのガラス玉に、シルバーのハートを散らしたお守りをさしたヒトミさんが、バチっとにらみあっている。

そのとなりで、翔太くんはサッカーボールの模様が入ったガラス玉を、手にとった。

「これ、すっげえカッコいい……！」

「それは、スポーツのご利益があるんよ」

お姉さんがほろほろと笑った。

わたしも、なにか買ってみようかなあ。

ふと目にとまったのは、壁にかざられているブレスレットだった。

ガラス玉がつらなっていて、数珠みたいに見える。

お守りかあ……。わたしは、神社で見た、翔太くんの真剣な顔を思いだした。

翔太くんの願いごとが、かなうといいな。

「すみません、この赤い色のをください」

どこかで翔太くんにあげよう。

……いや、べつに特別な意味じゃないよ!? 髪かざりをもらったから、そのお礼ってことで!

お姉さんがうなずいた。

「おおきに。もうひとつは何色にしはるん？」

「もうひとつ？」

「うん。これはふたつで、千五百円やさかいね」

そうなんだ、じゃあもうひとつは……。

わたしは、ちょっと迷って、ピンク色のブレスレットに決めた。

それぞれ透明なパッケージに入れながら、店主のお姉さんがふふって笑った。

SEISEI

「だれかとおそろいでつけるん？」

「えっ⁉」

おそろい⁉　翔太くんと、おそろい……。

いや、これはセットで売ってたから、たまたまで……っ！

「ち、ちがいます！」

わたしは顔を真っ赤にしながら、ぶんぶんって、首を横にふったんだ。

帰り際、店主のお姉さんが、グリーンの紙を一枚ずつ、みんなにわたしてくれた。ちょっとざらっとした、不思議な手ざわりの紙だ。

「東京で二号店をオープンすることになったの。今日できあがったばっかりのリーフレットなんやけど、よかったら持っていって」

反応したのはクロトくんだ。

「へえ、きれいな紙ですね。和紙ですか」

「うん。こだわってん」

グリーンに、金色がキラキラと散っていてかわいい！

ヒトミさんが、修学旅行のしおりにリーフレットをはさんで、ぺこりと頭をさげた。

「近くにこんなお店があったの知らへんかった……また来ます」
うれしそうに笑ったお姉さんは、出口までおくってくれた。
ちらっとふりかえると、お姉さんがドアに『クローズ』の札をかけたところだった。
わたしたちが、最後のお客さんだったんだね。
路地をぬけて、坂にもどって――。
わたしたちは、そこでおもわず立ちどまった。翔太くんが、ぽつりと言った。
「見ろよ、すげえな……！」
そこからは、京都の街を見おろすことができた。
真っ赤に街を染めて、夕日がとろとろと山に沈んでいく。
いつもとちがう、知らない街の夕暮れだった。
それがあまりにきれいで……。
こうやって修学旅行で、みんなでお土産を買ったこと。
街を歩いたこと。笑ったこと……このきれいな夕暮れ。
ぜんぶぜんぶ、忘れたくないなって、そう思ったんだ。

6 ステラが来た!?

旅館にもどって、ふうって一息つく。

これから、おいしい晩ごはん、それに大浴場でお風呂だ！

「おかえり、遅かったね」

ユキくんがロビーでひらひらと手をふってる。わたしたちはユキくんにかけよった。

「ユキ、さきにもどってたんだな」

翔太くんがそう言ったときだった。

「――ヒトミ、待ってたんやで。大変やの！」

受付から、女将さんが飛びだしてきた。

それからわたしたちを見て、ほっと息をつく。

「よかった、ちょうどええわ。あなたたち、怪盗ステラにくわしかったやんね」

えっ、ステラ!?

びりっと空気が緊張する。キヨくんが冷静に聞いた。

「なにかあったんですか」

「その……ほんまに来たかもしれへんの。その、ステラいう怪盗が」

ええっ⁉

女将さんが案内してくれたのは、お庭の奥にある蔵だった。

すぐそばには柵が立っていて、そのむこうには京都の街なみが見おろせる。

あっ、ここからも、ずっとむこうに京都タワーが見えるんだ。

女将さんが、蔵の扉をあけながら不安そうに言った。

「……さっき、気ぃついたらこうなっててん」

ぎぃぃぃ。重い扉が開いて——。

蔵のなかは……ぐちゃぐちゃになっていた。

わたしは息をのんだ。

「うわ、ひどい！」

棚から、着物とか、絵とか、いろんなものが落ちて床に散らばっている。

「それで、あれ……」

女将さんがさしたさき。壁には……金色の、星マークのカードが、ピンでとめられている。

クロトくんがうなずいた。

「本物でまちがいないよ」

「警察には？」

キヨくんが聞く。女将さんが首を横にふった。

そうして困惑したって顔で言ったんだ。

「呼んでへんえ。だって……なにも盗まれてへんし」

えっ、なにも盗まれてないの？

首をかしげたのは、レオくんだ。

「あのさ『黄金の蝶』って、本当にあるかわからないんだよな。それがいまさら蔵にあるわけないのに、ステラはどういうつもりなんだ？」

そのとき、ぽつり、と女将さんが言った。

「……実は『黄金の蝶』をさがす手がかりがあってね」

女将さんが、蔵の奥に案内してくれる。そこには大きな金庫がどんっとおいてあった。

「この金庫に掛け軸が入ってるんやけど、そこに『黄金の蝶』の手がかりが書かれてるんやって。

いちおう、だれにも見せたらあかんことになってるの」

キヨくんの目が、すっと細められる。

「それを、どこかで言ったことがありますか？」

女将さんはうなずいた。

「テレビとか雑誌の取材で、けっこう有名な話や思うよ」

「じゃあステラは知ってて、この蔵をねらったんだね。『黄金の蝶』の手がかりをさがして」

クロトくんが真剣な顔でつぶやく。

女将さんが、不安をごまかすように笑った。

「でも、掛け軸は金庫のなかやさかい、ステラも手ぇだせへんかったんやない？」

「……本当に無事かな」

そう言ったのは、ユキくんだった。

淡い瞳に静かにかげが落ちる。怪しくて、ぞくっとするような瞳だった。

どこかで見たことがある。ふいに、そう思った。

「ステラはねらったものはかならず盗む。そうだよね」

女将さんが不安そうに、金庫を見つめる。

「……たしかめてみるわ」

大きなダイアルを何度かまわして、女将さんは、金庫の扉をあけた。

重い扉をあけてなかをのぞきこむ。

「よかった、無事や！」

そう言って、女将さんがとりだしたのは、細長い木の箱だった。

「やっぱり、ステラは金庫のなかまでは、あけられなかったのね」

紫乃さんの言葉に、みんながほっとしたように笑ったときだった。

ずるっ！

「わっ！」

ユキくんが、ガクっと体勢を崩す。床に散らかってる紙をふんじゃったみたい！

翔太くんが慌てて手をのばした。

「ユキ！」

でも間に合わなくて、女将さんにどんってぶつかっちゃったんだ！

「きゃあっ！」

その手から、ばさっと掛け軸が落ちた。

ちらっとそれを見たユキくんが、宙でぐるっと体をひねる！

「あぶないっ！」

床に落ちる寸前の掛け軸の、下にすべりこむみたいに受けとめた！

わっ、ナイスキャッチ！　さすがユキくん！

床にしりもちをついたまま、ユキくんがほーっと息をついた。

「……よかった、傷つけなくて」

受けとめた拍子に、ユキくんのひざの上で、掛け軸がくるっとほどけてる。

中身が、見えていた。

深いグリーンの地に、金色の模様がうねうねと描かれてる。

たしか唐草模様っていう柄だ。

真ん中には絵が貼ってあった。右下には、緑色の山が。そして左上には——金色の蝶々が、ぱたぱたと翅を広げて飛んでいる。

ユキくんが、慌てて掛け軸をくるくるって巻いた。

「ごめんなさい、ぼくのせいで……」

そっか、ほんとはこれ、見ちゃいけないやつだ！

でも女将さんは、笑ってひらひらと手をふったんだ。

「しかたあらへんよ、事故やもん」

ていねいに箱に入れて金庫にもどすと、またしっかりと鍵をかける。

翔太くんがニヤっと笑った。

「これで一安心だよな。この金庫、ステラはあけられないってわかったんだから」

ここにあるかぎり、絵は無事だってことだ！

隙なくあたりを見まわしたのは、キヨくんだ。

「油断するなよ。ステラが、これぐらいであきらめるとは思えない」

クロトくんもうなずく。

「絵のときも、遊園地のときも、ぜったいにムリだっていう状況から、盗まれたんだからね」

……そうだった。

ステラには油断できない。

わたしたちは顔を見あわせてうなずいたんだ。

7 月下の大さわぎ

――とはいっても、今、ステラの事件でできることはないもんね。

わたしたちはひとまず、修学旅行に集中することにしたんだ。

宴会場っていう大きなお部屋で、旅館の晩ごはん（すごく豪華な会席料理！）を食べて、広い露天風呂に入って、もうすっかり満喫しちゃった。

お風呂から帰ってきて、わたしは、ロビーまでの道をあちこちさがしていた。

「……どこに行ったのかなあ」

翔太くんからもらった桜の髪かざり、お風呂に入る前に、カバンに入れておいたのに。

お風呂に入ってもどってきたら、カバンになかったんだよね。

すごく大切なものなのに、どうしよう……。

「――ちょっとジャマなんですけど」

その声にふりかえると、ルリちゃんが、わたしをじろっと見おろしていた。

ちょうどお風呂からもどってきたところなのかも。

実は、わたしとルリちゃん、同じお部屋なんだよね。

お風呂もいっしょに行ったんだけど、わたしだけ早く、もどってきちゃったんだ。

……だって、いっしょにいづらかったんだもん。


「あ……ごめん」

ぎゅっと肩を縮めた。

「あの子さあ、なんでSクラスと同じグループなんだろうね」

「なんか、ズルいことしたんじゃない？」

「あはは、ありえる」

うう、きっとわざと聞こえるように言ってるんだ……。

でもこういうとき、反論するのは、火に油を注ぐだけってわかってる。

わたしはぱっと背をむけたんだ。くすくすって笑い声から、逃げるみたいに。

ロビーからお庭にでると、ひやりと風が頬をなでた。

なんだか気持ちも頭も、すっきりするみたい。

桜の髪かざり、見つからなかったなあ。

ため息まじりに、空を見上げた。

まだ青い紅葉が、ほんのりと輝く街灯を、星形に切りとっている。

秋の夜、空にはぽかりと、金色のまあるい月が浮かんでいる。

あ……ここってあの蔵の前だ。柵があって、そのむこうには京都の街が広がっている。

ずっと遠くで、京都タワーが赤色に輝いていた。

月明かりに照らされるその場所に、Sクラスの四人がいた。竹のベンチに座って、なにか話しているみたい。

わあ、みんな浴衣に着がえてる！

翔太くんがペットボトルを片手に笑ってる。声がすこし、遠くから聞こえた。

「露天風呂、最高だったよな」

グレーの浴衣に、赤いラインが入ったカッコいい模様だ。

となりでキヨくんが肩をすくめる。

深いブルーの浴衣で、帯は大人っぽいシルバーだ。

「おれはちょっと熱かった。のぼせるかと思ったよ」

クロトくんはどことなく、落ちこんでるみたい。

「お風呂あがりはアイスがよかったのになあ」

落ちついたネイビーの浴衣に、ストライプの帯。片手には、カフェオレの瓶を持ってる。

「売り切れてたんだからしかたないだろ」

苦笑しているレオくんの浴衣は、白と藍色の淡いストライプで、帯は黒。

キーホルダーみたいな、根付けっていうかざりを帯にはさんでるんだ。衿もとからはちゃんと、いつものアクセサリーがのぞいてる。

月の光の下で笑う四人は宝石みたいに、キラキラとまぶしく見える。

カッコよくて、きれいで。

しばらくこのまま見ていたいって、そう思うくらいに。

でもみんなが、ぱっとこっちをむいた。翔太くんが笑う。

「あ、ゆずだ！　こっち来いよ！」

みんなが手をふってくれる。

わたしもみんなの仲間だってそう思えたから。なんだかうれしくてたまらなかった。

「みんな――」

かけよろうとしたときだった。

ドンっ！

うしろからだれかにつきとばされて、わたしはべしょって床にころがった。

「いた、Sクラスだ！」

ころがったわたしの横を、ダダってだれかがとおりすぎていく。

うぅ、痛たた……なんなの？

顔をあげると、あっという間に、Sクラスのみんながかこまれていた。

女の子たちがみんなを見つけて、お庭にやってきたんだ。

修学旅行でしか見られないレアな四人の姿に、もう女の子たちは大さわぎだった。

「白石くん、写真撮らない？」

「Sクラスみんな、そろってよ！」

あっけにとられていると、わたしの前に、すっとかげが落ちた。

「まったく、修学旅行だからって、みんな調子のってるわ」

ルリちゃんだ。小花柄の浴衣に、ピンクの帯。お風呂に入ったあとなのに、髪はくるくるって
かわいく巻かれていて、さきっぽがふわふわしてるんだ。

そのとなりに立ったのは、まさかの紫乃さん⁉

「同感ね。ぬけがけされないうちに休戦にしない、朝木さん？」

紫の浴衣は、衿にレースがついててすっごくかわいいんだ。

でもふたりとも……なんだか、オーラがこわいよ！

臨戦態勢っていうか、やる気まんまんっていうか……。

「賛成ね、力を合わせて、ジャマな女子を排除するわよ、結城さん」

「ええ。翔太くんのまわりからね」

排除⁉

あわあわしてるあいだに、ルリちゃんと紫乃さんは、女子の輪につっこんでいったんだ。

「翔太くん、いっしょに写真撮らない？」

にこって笑いながら、ルリちゃんはすかさず、まわりをじろっとにらみつけた。

だれも近づけさせないぞ！　って、ありありとわかる。

ほかの女の子たちがじりっと一歩さがった。

さすが、女王様……。

そしてそのスキをのがさず、紫乃さんが左どなりにかけよる。

「翔太くん、写真撮りましょう。ここから京都タワーも見えるわ！　修学旅行の思い出に、色を変えてもらったのよ！」

みんながぱっと後ろをふりかえった。

ちょっと南に目をこらすと、京都タワーがぼんやりと赤く輝いていた。

京都タワーの色って、変えられるの!?　みんなもおどろいているみたい。

キヨくんが、さっとスマートフォンで調べてくれた。

「本当だ……個人でも別の色でライトアップできるよう頼めるみたいだ」

そうなんだ……すごいなあ、紫乃さん……。

ほかの女の子は、さらに、じり、じりってさがっていく。

「ルリちゃんには、かなわないかも……」

「さすが、結城財閥……お似合いかも」

うーん、これが排除かあ……。

わたしは、あっけにとられてその光景を見つめていた。

このふたりがそろったら、最強なんじゃない？

……すっごく、こわいけど。

――がさっ。

CAFÉ
AU LAIT

わたしは、はっとした。お庭のむこうに人影が見える。蔵のほうだ。

「ユキくん？」

ユキくんがぎょっとしたみたいに、こっちを見た。

「どうしたの？　っていうか……みんな、なにしてんの？」

あきれたように首をかしげる。

お庭に集まってるSクラスと、群がってる女子と、勝ちほこってるルリちゃんと紫乃さん、って光景だもんね……。今来たら意味わかんないかも。

あはは、ってあいまいに笑って、わたしは聞いた。

「ユキくんは？」

「ぼく？　お散歩かな」

それだけ言ってユキくんは、Sクラスのところにかけよっていった。

ユキくん、あそこに突撃するなんて、勇気あるなあ。

感心しながら、わたしは首をかしげたんだ。

ユキくんはこんな時間にひとりで、お庭でなにをしてたんだろう。

8　わら人形の呪い

カーン……カーン……。

どこかで甲高い音がなってる、気がする。

夢かなあ……気のせい、かなあ。


ばって、布団から飛びおきたとき、まだ朝の五時半だった。

ルリちゃんや、ほかの子たちはまだ寝てる。

変な夢を見た。……ほんとに、夢だったかな。

「――春内さん、おはよう」

「わっ！」

おもわず布団から跳ねおきた。あいた障子のスキマから、ヒトミさんが手まねきしてる。

「ちょうどよかった、今起こそう思てたてん」

「ヒトミさん、おはようございます。どうしたんですか、こんな時間に」

朝食は八時の予定だし、だいぶ早いよ？

「ちょっと見てほしいものがあるの」

ヒトミさんの顔は暗い。なんだかイヤな予感がした。

ロビーに行くと、ちょうど紫乃さんがいた。

もう着がえていて、紅茶を飲んでる。優雅だなあ……。

「おはよう、ゆずさん！」

「おはよう紫乃さん。早いね」

「早起きしちゃったの」

それより、と紫乃さんが、ヒトミさんをじろっと見つめた。

「こんな朝から、ゆずさんになんの用？」

うつむいたヒトミさんが言った。

「……あなたも来てくれへん？」

わたしたちは顔を見あわせて、とにかくヒトミさんについていったんだ。

いっしょにやってきたのは、昨日みんなが集まっていたお庭だった。

蔵の横をとおりすぎたところ、大きな木のそばで、ヒトミさんが足をとめた。

「これ、見てほしいんやけど……」

その光景を見て、紫乃さんが悲鳴をあげた。

「なに、これ！」

……わたしは、声もでなかった。

太い木には——わら人形が打ちつけられていた。

茶色の、とげとげのわらが、あちこち飛びだしている。

お腹からは、つめものかな、細い紙がくしゃくしゃとはみだしていて……胸に太いクギが、打ちこまれている。

昨日聞こえた音を、思いだした。夢じゃなかった……。

あれは、呪いのわら人形を、打ちつける音だったんだ。

「朝、お庭のおそうじをしてて見つけたの。それで……」

ヒトミさんが、ふるえながら、わら人形をさした。

そのお腹から……わたしがずっとさがしていたものが、はみだしていた。

「これ、春内さんのやんね」

「……うそ……!!」

桜の髪かざり。……昨日、翔太くんにもらったんだ。

だからヒトミさんは、わたしをさがしに来てくれたんだ。

これは、呪いのわら人形だ。

だれかがわたしのことを、呪ったってこと……だよね。

背中をつめたいものが、ぞわぞわとはいあがっていく。

紫乃さんが言った。

「みんなに相談しましょう、ゆずさん」

「でも、修学旅行のジャマしちゃう。ひとりで、がんばらなくちゃ……」

うつむいたわたしの手を、そっと紫乃さんがにぎってくれた。

「だめ。わたしが心配だもの。ひとりじゃなくて、みんなでがんばるのよ」

すこし泣きそうになった。

それでわかったんだ。

わたし本当は、すっごくこわかったんだ、って。

ぎゅっと紫乃さんの手をにぎりしめて、わたしは、やっとうなずいた。

ヒトミさんが、男子棟のみんなを呼んできてくれるあいだ、紫乃さんは、わたしのそばにずっといてくれた。

「安心して、ゆずさん。みんながぜったいに解決してくれるわ」

そうやって、励ましてくれたんだ。

それがとてもうれしかった。

――すぐに翔太くん、キヨくん、レオくん、クロトくんが走ってきてくれた。

「ゆず、なにがあった！」

先頭は翔太くんだ。目の前のわら人形を見て、はっと息をのんだ。

「これ、ゆずの髪かざりだよな。なんだよこれ。だれがこんなことしたんだ」

黒い瞳のなかに、怒りの炎が揺らめいている。

「だれか知らねえけど、許さねえからな……」

翔太くんの肩に、ぽん、と手をのせたのはキヨくんだ。

「ああ」

いつも冷静なキヨくんが、ピリピリしてるのがわかる。

レオくんが静かにうなずいた。

「許さないのは、おれたちもいっしょだよ」

「手がかりをさがさなくちゃね……逃げられると思ったら、大まちがいだよ」

いつもやわらかなクロトくんの顔から、笑顔が消えていた。

……なんか、こっちがこわくなってきた。

「あの、みんな落ちついて……」

この四人の怒りを受ける、犯人のほうがかわいそうかも、って気分……。

「落ちついてられるか！」

翔太くんがむすっと腕を組んだ。

でもわたしは、なんだか笑ってしまった。

ほっとしたのもある、安心したのもある。

でもみんながおこってくれて……ちょっとうれしかった。

わたしはこれまでのことを、みんなにひとつずつ話したんだ。

学校の資料室がぐちゃぐちゃになっていたこと。

嵐山でなくしたキーホルダーは、たぶん盗まれてたんだってこと。

カメラアイを使ったってことは……紫乃さんとヒトミさんがいるから、ここでは内緒だね。

それから昨日、たぶん髪かざりが盗まれていて……わら人形から見つかったこと。

「なんですぐに、おれたちに言わなかったんだよ」

不満そうに言ったのは、翔太くんだ。わたしはうつむいた。

「……だって、修学旅行のジャマしたくなかったの」

みんな、すごく楽しそうだった。

大切な思い出をつくろうとしていて、だからわたしの事件で、さわぎにしたくなかったんだ。

それに、とわたしは首をかしげたんだ。

「平気かなって、思ってたのもあるよ。だって……これまでこわい感じがしなかったから」

「どういう意味だ？」

そう言ったキヨくんに、うなずいてみせる。

「嵐山の事件までは、だれかにからかわれてるって思ってたの。その……『おつかれ様』っていうカードが、いっしょにおかれてたから」

学校の事件と嵐山の事件には、『おつかれ様』ってカードがそえられてたんだ。

そのことを話すと、みんなが不思議そうな顔をした。

「たしかに、それだけだと、からかわれてるみたいだよな」

レオくんが腕を組む。

紫乃さんが、首を横にふって、わら人形をさした。

「でも、これはちがうわ、ゆずさん。こんなのひどい……からかってるならいきすぎだわ」

だれかがわたしのことを、呪いたいぐらい嫌い。

それは、胸に刺さってつらくて……そして、こわかった。

ぽん、と大きな手が頭にのった。レオくんがやさしく笑ってる。

「最初は平気って思ってても、そのうちヤバいことになるかもしれない。だからなにが起きても、一番におれたちに相談してくれ」

レオくんの青と緑のあいだの瞳に、じっと見つめられる。

「おれたちだって、仲間が心配なんだ」

そのかなしそうな声を聞いて、わたしはやっと気づいたんだ。

みんなに、すっごく心配かけたのかもしれない、って。

「ごめん、わたし……ひとりでなんとかできるかもって思ってた」

「ばーか！」

翔太くんが、がしっとわたしの肩に腕をまわした。

「いいか、ゆず。ひとりでできることなんか、かぎられてる。だからおれたちを頼れよ」

EYE—Sも紫乃さんも、わたしのそばにはみんながいる。

だから頼って、相談していいんだ。

それがうれしかった。


「——よっと！」

翔太くんが、かけ声をあげながら、わら人形を木からひきはがした。

キヨくんがつぶやく。

「できれば、先生には知られたくないな」

わたしもうなずく。

「うん。知られたら、ほんとに修学旅行中止になっちゃうもん」

ヒトミさんが、頬に手をあてた。

「それは困るわ。青星のみなさんが帰らはったら、うちもお商売あがったりやし」

「あなたが困るのは、翔太くんが帰っちゃうからでしょ？」

紫乃さんがふんっとくちびるをとがらせた。

……あの人たち、まだバチバチしてるよ。

翔太くんが、わら人形からとりだした髪かざりを、わたしの手にのせてくれた。

細かな傷がついてるけど、無事でよかった。

「ゆずの髪かざりは、部屋でなくなったんだよな」

「うん。わたしと朝木さんたちの部屋だよ。お風呂に入ったあと、カバンになかったんだ。お風呂の前はあったから、そのあいだに盗られちゃったんだと思う」

「お部屋の人のしわざやないん？」

そう言ったのは、ヒトミさんだ。

「うちの旅館は、男子棟と女子棟のあいだは、ロビーをとおらへんかったら行き来できへんもん。普通に考えたら犯人は女の子で、お部屋の人や思うけど」

たしかに……。

「でも、お風呂はみんなでいっしょに行ったし、帰ってきたのは、わたしが最初だった」

なるほど、とキヨくんがうなずいた。

「それなら、同室の朝木たちが盗んだ可能性は低いかもな」

そのとき、わら人形をさわっていたクロトくんが、なにかを朝日にかざして、まじまじと見つめていた。なかのつめものかなあ。

「これ、うちの、修学旅行のしおりじゃないかな？」

「あ、ほんとだ。青星って文字とか……旅行って字もある」

わたしは声をあげた。

「もしかして、手近にあったものを、人形のなかにつめちゃったってこと？」

「そうかもしれないね」

クロトくんが、裂いた紙をあれこれ見つめながら首をかしげてる。

「どうした？」

キヨくんの言葉に、クロトくんが首を横にふった。

「いや……ちょっと調べて、また言うよ」

とにかく、と腕を組んだのはレオくんだ。

「ゆずをねらった最初の事件が、学校で起きたこと。うちの修学旅行のしおりがつめられてたことから考えても、犯人は青星の生徒で……たぶん、女子だ」

「……青星の女子が犯人なんやったら、これでおわりやないんとちがう？」

ヒトミさんが、心配そうに言った。

「春内さんだけ修学旅行中止して、帰るいうことも考えたほうがええんやないかな」

「あ……そうか。先生に相談したら、帰らせてくれるかもしれない」

わたしはちょっとだけ考えちゃったんだ。

そのほうがみんなに、迷惑がかからないのかな……って。

「——ダメに決まってんだろ」

がしっと肩にまわった手に、力がこめられる。

「ゆずだって修学旅行を楽しむんだ。こんなのに負けるなんてだめだ」

翔太くんだ。わたしを見つめる黒い瞳に、炎がともってる。


「安心しろよ、ゆず。——おれが守るから」


どんっと、鼓動が跳ねた。

その言葉の強さが、なにより強い力になる気がしたんだ。

キヨくんが、ぽつりとつぶやいた。

「翔太、そこは〝おれたち〟だろ」

きょとんとしたのは、翔太くんのほうだった。

「え？　おれ、なんて言った……？」

もしかして、今の無意識だったのかな。……おれ、って、言ったこと。

そ、そうだよね。わたしたちは仲間だ。

あんな、独占欲いっぱいに……おれ、なんて翔太くんはきっと言わない。

でもなんだか、変な空気だった。

レオくんもクロトくんも真剣な顔をしていて、キヨくんはめずらしく、ぎゅうって額にしわを寄せてる。不満ですって、そう言うみたいに。

クロトくんが、くすっと笑った。

「本心って、そういうところにでたりするんだよね」

……い、いやいや、まさか！　だってそれじゃあまるで……。

翔太くんがわたしのこと、ひとりじめしたいみたい。

……そんなわけ、ないのにね。

9 伏見稲荷とステラ

わら人形からは、けっきょくそれ以上、手がかりは見つからなかった。

朝ごはんの時間だってことで、わたしたちは一度解散したんだ。

でもわたしは、ずっと落ちつかなかった。

大広間でごはんを食べてるあいだも、先生から二日目の説明を聞いてるあいだも。

だれかがわたしを呪ってる。そう思ったら、なんだかぞわぞわした。

……ううん、気持ちで負けちゃやだめだ。

だってわたしはひとりじゃない、みんながいるんだもん。


二日目、わたしたちは京都の南にある、伏見っていうところに来たんだ。

目的はもちろん――伏見稲荷大社！

「わああ、きれい……！」

朱色の鳥居が、ずーっと奥まで続いてる。

朝日に照らされて、鳥居のかげがゆらゆらと踊って……幻想的、っていうのかな。

なんだか、ちがう世界にいるみたいだった。

「千本鳥居っていうのよね」

紫乃さんが言った。ちょっとゴキゲンなのは、たぶんヒトミさんがいないからだ。

今日はヒトミさんは、自分の学校があるから、来られないんだって。

「ふふっ、今日は翔太くんのこと、ひとりじめだわ！」

紫乃さんは羽が生えたみたいに、ふわふわと翔太くんのところに走っていった。

「……この石段、どこまであるんだろう」

まださきに、ずーっと石段が続いてる……。

伏見稲荷大社は有名な観光地なんだ。日本の人も海外の人も、観光客がたくさんいる。

気がつくと、まわりは観光客でいっぱいになっていた。

ちょっとさきに、翔太くんと、レオくん、キヨくん、クロトくんが見えていた。紫乃さんは
……翔太くんのすぐそばだ。

まずい、このままじゃ、はぐれちゃいそう――。

そう思ったときだった。うしろから、静かな声がした。

「――ゆずちゃん」

淡くておだやかで、男の人か女の人かわからない。

でも美しいほどの、怪しさをふくんだ声だ。

……この声、知ってる。

遊園地でも、学校でも、豪華客船でも聞いた……。

まさか……っ。

「……ステラ！」

慌ててふりかえろうとしたんだけど――。

「だーめ」

肩にとん、とおかれた手に、ぎゅっと力がこもった。

それだけで、魔法にかかったみたいに動けなくなる。

「……どうして、ここにいるの？」

くすくすと耳もとで、軽やかな笑い声がする。

「ゆずちゃんに会いに来たんだ」

「わたしに？」

「うん。お願いごとがあってさ。ぼくの仕事を手伝ってほしいんだよね」

仕事って、怪盗の仕事ってことだよね。つまり、ドロボウってこと。

「だめだよ、そんなのぜったいだめ」

ステラの声から、笑いの気配が消えた。

肩の手に力がこもる。すこしふるえている気がしたのは、気のせいかな。

「きみの力は、本物だってわかった。だから……ぼくにはきみが必要なんだ」

そうして、ステラは静かに言ったんだ。


「――お願いだよ、ゆずちゃん。ぼくを助けて」


これまで聞いたことないくらい、真剣な声だった。

わたしの足もとにかぶさるように、人のかげが落ちていた。

ステラだ。かげはうなだれているように見えた。

もしかしてステラは、本当に困ってるんじゃないのかな、って、そう思ったんだ。

「――だれだ、お前、ゆずをはなせ！」

観光客のスキマをぬって、翔太くんが、三段飛ばしでかけおりてきた！

「だいじょうぶか、ゆず！　あいつ何者だ！」

ふっと体が軽くなって、慌ててふりかえる。

びっくりしてる観光客のあいだに、かげが消えていったのが見えた。

「ステラ」

「えっ、ステラ!?」

翔太くんがおどろいたように言った。

そのあいだに、レオくんとキヨくん、クロトくんと紫乃さんもかけおりてくる。

わたしは、ステラの消えたほうを見つめていた。

ユキくんがひとごみのスキマから、すこし遅れてやってきた。

「どうしたの、翔太くんの声が聞こえたんだけど」

「ステラが、さっきまでいたみたいなんだ」

ユキくんが目をまるくした。レオくんが、その足もとを見て首をかしげる。

「うわ、どうしたんだよ、ユキ」

「ああ、これ？　さっき、足をすべらせちゃって……」

新品のスニーカーに、べったりと泥がついてる。

ユキくんは、ざっとあたりに視線を走らせた。

「……でもこのひとごみじゃ、もう見つからないね」

ステラは変装の名人だ。わたしのカメラアイでも見分けがつかないぐらい、カンペキな。

「なにか言われたか？」

キヨくんに聞かれて、わたしはためらった。

助けてほしいって、ステラはそう言った。

「……わたしの力が必要だって。仕事を手伝ってほしいんだって」

紫乃さんが言った。

「じゃあずっとゆずさんをねらっているのも、ステラかしら。変装の名人なら、青星学園にまぎれて事件を起こすこともできるし、女子棟からゆずさんの髪かざりを盗むこともできるわ」

「ちがうだろ」

きっぱりと、翔太くんが言った。

翔太くんは石段の一段上に立って、あたりを警戒するみたいに見まわしている。

「あいつ、呪いのわら人形に、クギを打つ感じには見えねえし」

クロトくんがうなずく。

「わら人形をしかける理由も、わからないしね。ゆずちゃんに手伝ってほしいなら、なんでおどろかせるんだってことになるし」

とにかく、と翔太くんがつぶやいた。

「ひとごみからぬけようぜ、またいつ、ステラが来るかわからないしな」

わたしは朱色の道を歩きながら、考えていた。ステラはやっぱり、様子がおかしかった。

病気を治す『黄金の蝶』をさがすステラ。

いつもよりずっと真剣で……その切なさは……。

修学旅行のあいだ、ずっと遠くを見つめて、時々遠い目をしている翔太くんに、どこか似ている気がしたんだ。


伏見稲荷大社から、わたしたちは京都の中心部にもどってきた。

寺町通や、新京極通っていう大きな商店街があるんだ。

お土産屋さんがあるから、そこで自由行動ってことになった。

紫乃さんがしゅんってしてるのは、お父さんから呼びだされたからなんだって。

「わたしも、いっしょにまわりたかったわ」

それからすぐあと、ユキくんも呼びだされちゃったんだ。

「京都に住んでる親戚が会いたいんだって。ぼく、ちょっと行ってくるよ」

スマートフォンを片手に、ユキくんがぱたぱたと走っていく。

「あっという間に、いつもの五人になっちゃったね」

にぎやかだったから、ちょっとさびしい気もするなあ。

そのとき、街ゆく女の子たちの声が、飛びこんできた。

「あの人ら、めっちゃカッコいいやん」

「修学旅行生かなあ。ほんま、目立つ人らやね」

視線のさきは……やっぱり、Sクラスの四人だ。

青星学園のそばでも、京都でも、目立つのは変わらないなあ。でもみんなそれが普通だから、
ぜんぜん気にしてないみたい。

「おれたちコンビニ行ってくる」

翔太くんとレオくんが、ぱたぱたとかけていくのを見おくったあと。

わたしとキヨくんとクロトくんは、そばのお土産屋さんに視線をむけた。

「そうだ、おうちへのお土産、どうしようかなあ」

八つ橋に茶団子に、抹茶ラングドシャ……おいしそうなものがいっぱいある。

キヨくんが八つ橋の箱を手にとった。

「おれも、ばあちゃんにお土産買おうかな」

「ぼくも、茶団子を買い足したかったんだよね」

三人で、お土産屋さんの前で、あれこれ迷っていたときだ。

「――なあ、翔太知らないか？」

レオくんが、かけよってきた。キヨくんが首をかしげる。

「今、お前とコンビニに行ってただろ」

でもレオくんは真剣な顔で言ったんだ。

「いなくなったんだ……たぶんこれを見たからだと思う」

レオくんが広げたのは、コンビニで売られてるスポーツ新聞だ。

真っ赤な見出しがついている。

〝ドイツリーグプロサッカー選手、赤月疾風――ついに、離婚成立！〟

これって、翔太くんのお父さんだ！

「翔太くんのお父さんとお母さん、とうとう離婚しちゃったってこと!?」

わたしが言うと、キヨくんが、すばやく新聞に視線を走らせる。

「ああ……離婚が成立したのは、一週間前って書いてある」

「翔太はこのことで悩んでたのかな……」

静かに言ったのはクロトくんだった。

……だから翔太くん、ずっと様子がおかしかったんだ。

こんなに大きくてつらいことを、ひとりで……かかえこんでた。

わたしは、いてもたってもいられなかった。

「さがさなくちゃ……！」

「ゆず！　ひとりになるな！」

わたしを呼ぶキヨくんの声は、もう聞こえていなかった。

翔太くんを見つけたいって、そのことしか、考えられなかったから。

10 翔太くんはひとりじゃないよ

商店街をぬけて大通りにでる。道路の看板には、四条通って書いてあった。
交差点をわたって、ひとごみをぬって道を走る。
ぶわっ！　視界が一気に開けた。
「……橋だ」
四条大橋、っていうんだって。
広い川――鴨川の上に大きな橋がかかっていて、北は遠くに、山が見える。
わたしは、橋の上で立ちどまった。
真っ青な空は広く、緑の山があざやかだ。
下は、ゆったりと流れる川が、昼の太陽をキラキラと反射してる。
河原に、わたしはその姿を見つけた。
「翔太くん……！」

ぽつんとひとりで座って、川をながめている。

ちょっともどって、交番の横から土手にかけおりた。石畳とかわいた土のあいだから、やわらかな緑の下草がのびている。

ざあざあと流れる大きな川を見つめて——翔太くんが座っていた。

ふいに翔太くんがカバンから、なにかをとりだした。

あれって、お守りだ……！　翔太くんが、おもいっきりふりかぶる！

「だめっ！」

わたしはとっさに、翔太くんの腕に飛びついた。

「ゆず!?」

「だめだよ……だって、翔太くんがいっぱいお願いしたお守りでしょ」

「もう、いいんだ。おれの願いごとはかなわないから」

こんなふうに、あきらめたみたいに笑う翔太くんはかなしかった。

翔太くんととなりあって座った。

目の前の川は広いのに浅くて、底がきれいに透けて見えるんだ。

翔太くんは、ぽつりと言った。

「……一週間前に、父さんと母さんから連絡があった。……とうとう離婚するんだって」

手のひらのお守りを、ぎゅうってにぎりしめる。

「だから、こんなの意味ないってわかってたのに……なんで買っちゃったんだろうな」

だれだって考えるよ。もしかして、まだ希望があるんじゃないかって。

でも現実はやっぱり残酷だ。

「おれが父さんか母さん、どっちについていくか選ぶって話だったんだ。……でも勝手に、父さんがおれをひきとるって決めたんだって。母さんは、すぐに海外に行くって言ってた」

ひざをかかえて、翔太くんはぎゅっと小さくなった。

そうやって、苦しいことに耐えるみたいに。

「おれたちの家族は、バラバラになるんだ」

おもわずわたしはとなりから、ぎゅっと翔太くんを抱きしめた。

笑ってほしい、つらい顔をしないでほしい。

そんなふうに、ひとりで耐えないでほしい。

だから何度だって、言うよ。

「だいじょうぶだよ……わたしがそばにいる」

翔太くんのつらい気持ちを、分けてほしくて必死だった。

こんな強い気持ち初めてだ。


「翔太くんはひとりじゃないよ」


腕のなかで、翔太くんがうなずいた気がした。

それからさらさらと流れる川の音を、ふたりでじっと聞いていたんだ。

しばらくして、翔太くんが身じろぎした。

「……ありがとな、ゆず」

顔をあげて、困ったように笑う。

「ゆずには、カッコ悪いところ見せてばっかりだ」

「そんなことないよ」

わたしは、あっと顔をあげて、ポケットをごそごそとさぐる。

「これ、翔太くんにあげる」

差しだしたのは、透明なパッケージだ。翔太くんが、きょとんとした。

「なんだこれ？」

「嵐山で髪かざりをくれたでしょ。それのお礼だよ」

清水寺に行ったとき、ガラスのお守り屋さんで買ったの。いつわたそうかって、思ってたんだよね。

翔太くんが透明なパッケージのなかから、赤いガラスのブレスレットをとりだした。

腕にはめて太陽にかざす。

「きれいだな……！」

すかさず、わたしは言った。

「翔太くんが、元気になりますように」

だって、それはお守りだから。

おどろいたように、ブレスレットと、わたしの顔を交互に見つめて。

翔太くんは、小さく笑ったんだ。

「ああ、ありがとな」

まだ弱々しかったけど、ちょっとだけ元気になったみたいに見えた。

「ゆず、お守り、もう一個あるのか？」

翔太くんの視線のさきには、ポケットからはみだした袋が、もうひとつ。

「あっ！」

そうだった、わたしのぶんもあったんだ。

「あの、これは、ふたつで一セットだったから、わざとってわけじゃなくて……！」

もごもごと、いっしょうけんめい、言い訳をする。

「……ふうん」

翔太くんは、なにかを考えるみたいにつぶやいた。

それからニヤっと口もとをつりあげて、わたしのポケットから袋をとりあげる。

「わっ！　翔太くん！」

「いいから、腕貸せよ」

わたしが慌てているあいだに、さっさとピンク色のブレスレットをはめてくれた。

自分の右腕をとなりにならべて、ニっと笑う。

まぶしい太陽に赤色とピンク、ふたつの色がキラキラと輝いていた。

「これでおそろいだな」

ぶわあっと、顔が熱くなった。

ドキドキが、体のなかをめぐってる気がする。

「ゆず。これみんなには内緒にしとこうぜ」

「え、どうして？」

わたしが首をかしげていると、翔太くんもなんだか困ってるみたいだった。

「おれも、よくわかんねえんだけど……でも、内緒がいいって思った」

翔太くんの耳が、じわじわと赤くなってるのがわかって。

もしかして——。

い、いやいや、ないない！

大慌てで、意味もなくバタバタと手をふっていたときだ。

「見つけたー！」

ふりかえると、クロトくんが、手をふりながら階段をおりてくるところだった。

うしろには、レオくんとキヨくんもいっしょだ。

わたしは、慌ててブレスレットを体の後ろにかくした。……なんだか、見られちゃいけない気がしたの。

……だって翔太くんが、内緒って言うから。

すこし後ろめたくて、でもうれしくて。

なんだかドキドキした。

翔太くんを見て、みんなはほっとしたみたいだった。レオくんが言った。

「さがしたぞ、翔太」

「悪い……」

「ゆずちゃんも、ひとりになっちゃだめって言ったのに」

クロトくんがじいっとわたしを見つめる。

「……ごめんなさい」

翔太くんとふたりで、しゅんっと頭をさげた。

「なにもなくてよかった」

そのあと腕を組んだキヨくんが、ちょっと不満そうにくちびるをとがらせる。

「……でもなにも、こんなところに、ふたりでならんでることないんじゃないか」

「こんなところ？」

わたしが聞くと、キヨくんがむすっとしたまま続ける。

「鴨川は定番スポットだろ。………………デートの」

「そうなの!?」

思わず翔太くんを見た。そしたら翔太くんもこっちを見てて、慌てて目をそらした。

たぶん、翔太くんも知らなかったんだ……。

レオくんが肩をすくめた。

「鴨川の河原にならんで座るのが、定番なんだってさ」

「ちがうよ、たまたまだって！」

あわあわしてるわたしに肩をすくめて、キヨくんが、翔太くんのほうをむいたんだ。

「だいじょうぶか、翔太」

翔太くんはうなずいた。そうしてみんなに話したんだ。

さっきわたしに話してくれたこと……お父さんと、お母さんが離婚しちゃったことだ。

キヨくんもクロトくんもレオくんも、それを静かに聞いていた。

やがて、キヨくんが言った。

「……つらいよな」

キヨくんも、家族がバラバラになっちゃうさびしさを知ってる人だ。

でも翔太くんは笑ったんだ。

「だいじょうぶ。……お前たちがいる。おれはひとりじゃないって、ゆずが教えてくれたから」

この五人にはちゃんと絆がある。だからだいじょうぶ。

うなずいたレオくんが、それで、と河原に座った。

「翔太は、このあとどうするんだ」

みんなそれにならって、輪になって座る。翔太くんが首をかしげた。

「さあ、まだわかんねえや。父さんはドイツからもどってくるつもりはないらしいから、寮に入るか……ドイツに行くかもな」

急に、わたしは不安になった。

わたしたちは仲間だけど……ずっといっしょって、かぎらないんだ。

キヨくんはちがう学校を受験するかもしれないし、翔太くんは、ドイツに行くかもしれない。

みんなで見つめた、とろりととろける夕暮れを思いだす。

ずっとみんなといたいのに。

バラバラになっちゃう日が、来るのかな……。

11 事件はシンプルになった

クロトくんが敷いてくれた風呂敷の上には——色とりどりの、京都のお土産がならんでいた！

「生八つ橋は味が四つあるし、あとは、抹茶フィナンシェとバームクーヘンと……」

待って待って、どれだけでてくるの!?

「みんなで食べようよ」

すべすべした生八つ橋は、しっとりとやわらかい。ニッキっていうスパイスが入っていて、すごくいいにおいがするんだ。

ほんのり甘くて、もちもちしてる！

「おいしい……！」

「京都と言えば、生八つ橋だよね」

クロトくんの目は、キラキラ輝いている。

クロトくんはスウィーツ大好きなんだよね。

だから京都の甘いもののお土産にも、すっごくくわしいんだ。

レオくんが人数分飲み物を買ってきてくれた。わたしはホットイチゴオレにしたの。

コーヒーを一口飲んだキヨくんが言った。

「さっきクロトと話してたんだ……ゆずをねらった犯人について」

クロトくんは、ホイップクリームたっぷりのカフェオレを風呂敷の上においた。

「わら人形のなかに入ってたものを、もう一度調べたんだ」

「修学旅行のしおりだろ？」

アイスティーを飲んでいた翔太くんが聞いた。

「うん。でも、紙の切れ端のなかに、これがまじってた」

クロトくんが差しだした細い切れ端……なんだろう、これ。緑色の紙？

「破れたところの繊維が粗いから、たぶん和紙だ。うすい金色が貼りつけられてるように見えるのは、文字を箔押ししたあとだよ」

わたしは、紙とクロトくんを交互に見つめた。

こんな小さな切れ端で、そこまでわかっちゃうんだ……すごいなあ。

緑色の和紙と、金色の文字……。

「あっ、昨日のお店でもらった紙だ！」

おもわず叫んだ。レオくんが、ああ、と手をたたく。

「東京に、新しい店を開くって、店主さんが言ってたな」

「きっと犯人が修学旅行のしおりにはさんだまま、破ったんだと思う」

クロトくんがうなずいているなか。わたしは、じっと考えこんだ。

あのアクセサリーショップのお姉さん、なんて言ってたっけ。

あの日、お客さんが来たのは初めてで……そのあとすぐに、お店を閉めてたよね。

「ねえ、クロトくん。昨日あのお店に行ったのって、うちのグループだけだよね」

「うん。青星の修学旅行生で、この紙をもらうことができたのは、ぼくたちのグループだけだ」

あのとき参加したのは、わたしと翔太くん、レオくん、キヨくん、クロトくん。ユキくんはいなかったから、あとは、紫乃さんとヒトミさんだ。

「犯人は青星学園の生徒だから……結城さんと千宮さん、被害者のゆずちゃんをのぞいた、ぼくたちのなかにいるってことになるね」

クロトくんの言葉に、わたしたちはしん、と静まった。

「ありえねえだろ」

翔太くんがきっぱり言う。キヨくんがあたりまえだっていうふうに続けた。

「ああ。おれたちがゆずになにかするわけない。だから事件を整理してみたんだ」

わたしはちょっと、ほっとした。

よかった、キヨくんとクロトくんは、みんなをうたがってたわけじゃなかったんだ。

キヨくんが指をひとつ立てる。

「事件は三つ。一、学校の資料室の事件。二、嵐山でキーホルダーがなくなった事件。三、髪かざりが盗まれてわら人形に入れられていた事件」

わたしは顔をあげた。言い忘れてたことを思いだしたんだ。

「そういえば、学校の事件と嵐山の事件、どっちもカメラアイで解決したの」

あの事件、どっちもカメラアイでカンタンに解決できたんだよね。

「その一と二の事件は、カードがおかれてたんだよね」

クロトくんの言葉に、わたしは思いだすみたいに、首をひねった。

「うん。からかってる感じはするけど、ひどいことをしようっていう悪意はない気がするんだ。むしろ……学校のテストに似てる。試されてるみたい」

うん、そうだ。そう考えると、しっくりくる。

キヨくんが、なるほど、とうなずいた。

「この事件、犯人はふたりいるんじゃないかとおれは思う」

「一、二の事件と、三のわら人形の事件は……同じ、ゆずをねらってるようで目的がちがう」

レオくんがつぶやく。キヨくんはうなずいた。

「学校と嵐山の事件はゆずを試していて……わら人形の事件は、傷つけようとしてる」

わたしたちは顔を見あわせた。もしそうなら、そのうちのひとりを、わたしたちはもう、わかっている気がした。

だから、わたしから言ったんだ。

「学校と嵐山の事件の犯人は――たぶんステラなんじゃないかな」

証拠はない。

でも、カードに書かれたからかうみたいな言葉も。

伏見稲荷大社でステラが……わたしの力が必要だって言ったことも。

関係ないってことは、ないと思う。

みんなの顔が真剣になる。キヨくんが言った。

「ステラはゆずの力を試してる。そのために事件を用意した……ってことになるな」

「なんのために？」

レオくんがぐっとまゆを寄せる。わたしは続けた。

「わからないけど、でも……ステラは、手伝ってほしいことがあるって言ったんだ。それは、ステラの試験みたいなものに、わたしが合格したからじゃないかな」

ともかく、とキヨくんがコーヒーを飲みほして、わたしたちを見つめた。

「ステラの件はあとだ。憶測だし、証拠もないからな。ただ……カードのある事件とない事件、もし犯人がべつだとしたら、考え方はずっとシンプルになる」

こういうとき、キヨくんはいつも冷静に、答えを導きだしてくれるんだ。

「わら人形の事件だけを起こした犯人がいる。だったら、青星学園の生徒である必要はない。髪かざりを盗める女子で、しおりを持っていて、おれたちと同じグループにいた」

キヨくんの言うとおり、事件はとてもシンプルになった。

……だって犯人はもう、あの人しかいないから。

12 特別な笑顔

場所を千宮旅館のお庭にしたのは、あんまり人に聞かれないほうがいいって思ったから。

西の山に、ゆっくりと夕日が沈んでいく。

わたしはヒトミさんとむかいあっていた。

もちろんひとりで。そうしたいって、みんなにお願いしたんだ。

「わたしの髪かざりを盗んで、わら人形に入れたの……ヒトミさんですよね」

黒くてぱっちりとしたお人形さんみたいな目を、ヒトミさんがまんまるに見ひらいた。

「なに言うたはんの？」

「木に打ちつけられてたわら人形のなかから、青星の修学旅行のしおりがでてきたの」

「だから、青星の生徒さんなんとちがうん？　その……学校でも事件、あったみたいやし」

「はい。だけど……そこに、これがまじってたんです」

わたしは、それをヒトミさんに見せた。

クロトくんが見つけてくれた緑色の和紙だ。はしっこに金箔がキラキラ光っている。

「昨日のお店でもらった、リーフレット。しおりにはさんでたから、いっしょに破っちゃったんですよね」

ヒトミさんの顔から、ふいに笑みが消える。

「このリーフレットをもらったの、昨日わたしたちのグループにいた人だけなんだ」

うつむいたヒトミさんが、ぎゅっと手をにぎりしめていた。

「……もしそうなら、うたがわしいのはうちだけとちがうやん」

「うん。でも翔太くんたちは髪かざりを盗むために、女子棟に入ることはできない。紫乃さんは星ノ宮女学院の生徒だから、青星のしおりを持ってないもん」

もちろん仲間だし友だちだから、そんなことしないってこともわかってるけどね。

「でも、ヒトミさんは修学旅行のしおりを持ってますよね」

だって、しおりを旅館に提出したのは、わたしだもん。

「ほかにもいろいろあります。わら人形を見つけて、呼びに来てくれたのもヒトミさんだった。旅館の人だから、髪かざりを盗むのだってカンタンだったはず」

だから、とわたしは、泣きそうになりながら言った。

「犯人は、ヒトミさん」

夕日に焼かれた、赤い風が吹きぬけた。

秋の風はさわやかで、わたしとヒトミさんのあいだの、重い空気には似合わなかった。

「……だって」

ヒトミさんが、つぶやいた。

「好きやったんやもん。翔くんのこと」

「うん……」

理由はきっと、そうだって思ってた。だから、ひとりで会おうって思ったんだ。

ヒトミさんは、夕日に照らされた街を見おろした。

「小さいころから、ずっと……好きやった。ふたりで祇園祭に行って、また京都に来るねって言うてくれたのに……しばらく会われへんかった」

翔太くんのお父さんとお母さんは、翔太くんが小学生になったころから、すれちがいはじめたんだって。だから、旅行にも来なくなっちゃったんだ。

「青星学園が修学旅行に来はるから、これで会える思て楽しみにしてたんやよ」

でも、とヒトミさんが顔をあげた。夕日を瞳にうつして、燃えるように赤かった。

「いざ会えたら、そばには春内さんがいてるから……ずるいって思った」

ヒトミさんが、ひざを折って座りこんだ。両手で顔をおおう。

「……同じ学校で、ずっととなりにいられれて、そんなんずるい！」

ひどいことをされたってわかってる。

でもわたしは、ヒトミさんの気持ちも痛いぐらいにわかった。

ずっとはなれて、会いたくてたまらなくて、待ちつづけて……。

翔太くんのこと、好きで好きで、苦しかったんだ。

「神社で、春内さんが呪いの話をこわがってはったから。ちょっとおどかしたら、帰ってくれるんやないかって……そしたら、翔くんをひとりじめできるんやないかって」

ヒトミさんは肩をふるわせた。

「あの朝、学校でも事件が起きてるって聞いて……よかったて思た。これで、バレへんって……」

わら人形の話をしていたとき、紫乃さんが言っていたことを思いだした。

本当に、だれかを呪っちゃった人もいる。

その苦しさまでもが恋なんだって。

「でも……こんなことしちゃだめだよ」

つらくて苦しくて、ほんのちょっとしたことですぐうれしくなって。

みんなそうやって恋をしてる。

「恋は正々堂々としなくちゃだめって……そう思うよ」

しばらく、ヒトミさんの泣き声だけが聞こえていた。

それから、顔をあげて、ヒトミさんはうなずいた。

「ごめんなさい」

EYE─Sは、ヒトミさんのことを先生たちに言うかどうか、わたしが決めろって言ったんだ。

でもヒトミさんは謝ってくれた。だからもう、これでいいんだ。

ヒトミさんが、真っ赤な目をして、沈む夕日を見つめていた。

わたしは、ひとつ思い立って言った。

「わたしをねらったのは、まちがいじゃないですか？　紫乃さんとかルリちゃんのほうが、翔太くんのこと、大好きだって感じだし」

もちろん、そっちにいやがらせをしろ、ってことじゃないよ!?

「春内さん、気づいてへんの？」

でもヒトミさんは、きょとんとしていた。

「だって翔くん、春内さんのこと――好きやん」

一瞬、ぜんぶがとまった気がした。

翔太くんが、わたしを？

「な、ないない、ないって！　ありえないよっ！」

でもヒトミさんは、くすって笑ったんだ。

「そうかなあ。ちょっとかなしいけど……でも、うち自信あるよ」

だって、とヒトミさんが、まっすぐにわたしを見つめる。

「翔くんの、春内さんといるときの笑顔、特別やもん」

そのとき思いだしたのは太陽みたいな、いつもの翔太くんの笑顔じゃなくて。

あの甘くて、やさしくて……どうしていいかわからなくなる、あの笑顔だ。

わたしは、大混乱だった。

……翔太くんが、まさか。そんなことあるわけ……ないよね。

13 ステラ、あらわる

EYE—S（アイズ）のみんなには、ヒトミさんのことを、ちゃんと話（はな）した。

謝（あやま）ってくれたからおおごとにするつもりはない。そう言（い）ったらみんな納得（なっとく）してくれたんだ。

でもわたしは、正直（しょうじき）それどころじゃなかった。

翔太（しょうた）くんが、わたしのこと、好（す）き!?

いや、ないない。……でも！ ……いや、ありえない！

ずーっとこのことばっかり、考（かんが）えちゃってる。

バカ、しっかりしなくちゃ。わたしはぱちぱちと両方（りょうほう）のほっぺたをたたいた。

だってこれから……対（たい）ステラの、相談（そうだん）をしなくちゃいけないんだから。

大広間（おおひろま）で夕食（ゆうしょく）がおわったあと、S（エス）クラスのみんなとロビーで待（ま）ち合（あ）わせなんだ。

青星学園（せいせいがくえん）と嵐山（あらしやま）で起（お）きた事件（じけん）が、ステラのしわざなのか考（かんが）えなくちゃ。

そしてもしそうなら、それがどういう理由（りゆう）なのかも。

もうすぐロビーに到着する、っていう廊下で、わたしは呼びとめられた。

「すみません、春内ゆずさんですよね」

男の子がひとり立っている。

白いパーカーにフードをかぶっていて、顔がよくわからないけど……。

ふいに、すっとスマートフォンの画面がつきつけられた。

「なに……？」

画面には、写真がうつされていた。

ここってあの蔵のなかだ。窓の外に、ほんの小さく見える赤い光は、京都タワーだ。

真っ暗な倉庫のなかでイスに座って、窓に頭をもたせかけるように、だれかがうなだれていた。

この服……！

「ユキくん！」

「はい、静かにね」

フードの内側で、ぱちん、とその人が片目をとじた。

口もとには淡い笑み。この怪しくて美しい雰囲気に覚えがあった。

「ステラ……」

ひらひらとスマートフォンをふって、ステラは言った。

「ついてきてほしいんだ。そうじゃないと、彼がどうなっても知らないよ」

……ユキくんが人質になってるってことだ。

そういえば、自由行動のときにわかれてから、夕食のときにも見かけなかったかも。

「……ユキくんになにかしたら、許さないから」

「だいじょうぶだよ。でもゆずちゃんがついてこないなら、どうなるかわかんないなあ」

「わたしがもどらなかったら、すぐに先生たちが気づくはずだよ」

「どうだろうね。消灯時間までは自由時間だし、それまでは気づかないんじゃない？」

うっ、修学旅行のスケジュールも把握されてる。

「さっきの写真、きみの仲間にもおくっておいたよ。ふたりを無事かえしてほしかったら、先生には言わないこと。そうすればふたりともちゃんとかえす、って」

くやしいけど、ステラについていく以外に、方法はない気がした。

急にこわくなった。

だってどこにつれていかれるかも、なにをされるかもわからないんだもん。

わたしが黙りこんだから、ステラがくすっと笑った。

「心配しなくても、用がおわればちゃんとふたりとも、ここにもどってこられるよ」

「用？」

「うん。伏見稲荷大社で言ったよね。きみの力が必要だ、って。『黄金の蝶』を手に入れるためにね」

……これから、『黄金の蝶』をさがしに行くってことなのかな。

わたしは、ちらっと自分の手首を見つめた。

そこには翔太くんとおそろいのブレスレットがはまっている。

決意をこめるようにわたしはうなずいた。

「……わかった」

ステラは、わたしをエスコートするみたいに、手を差しだした。

フードのむこうはよく見えないけど、髪の色は明るい。身長はわたしよりちょっと高いぐらいで、顔は……たぶんすごく整ってる。

瞳だけが光を透かすように、ゆらゆらと怪しく揺らめていた。

でもこれも変装かもしれないもんね。

この人はどんな人で……どうして『黄金の蝶』をほしがってるんだろう。

ロビーからお庭にでて、蔵をとおりすぎる。

お庭を歩きながら、わたしは聞いてみた。

「学校で、資料室がぐちゃぐちゃになってた事件と、あと、嵐山でキーホルダーがなくなったのも、あなたのしわざなの？」

「うん。きみの力を試したかったんだよね。その力が……本当にぼくの役に立つかどうか」

淡い色の瞳は空に輝く月と、すこし似ている気がした。

ぞくっとする。

「やっぱりきみの力はすばらしいよ。だから、きみがほしいんだ」

うすく笑ったステラに圧倒されながら、わたしは思いだしていた。

豪華客船の上……夏の風が吹きぬける夜空の下だ。

あのときたしかにステラは言ったんだ。


――その力はいいことのためにも――悪いことのためにも、使えるから。

わたしの力は、なんのためにあるんだろう。

そのとき、わたしは、ふいにそう思ったんだ。

わたしはカメラアイを……どんなふうに使いたいんだろう、って。


ステラにつれてこられたのは、立ち入り禁止の看板も越えたさき、庭のずっと奥だった。

もうほとんど山に近い、木と木のあいだに、洞窟があった。

どこまで続いているかわからないぐらい、ずっと深くて、風の音がわんわんひびいてる。

「むかし、この旅館はお寺だったんだ。そのとき、この洞窟に『黄金の蝶』がかくされた」

「なんで、そんなこと知ってるの？」

「古い文献を調べたから」

女将さんもヒトミさんも知らなかったのに……。

それだけ、ステラは本気ってことなんだ。

「でも洞窟のなかは迷路になってて、道をまちがえると、もどってこられない」

わぁああん、と、風が洞窟に反響する。

ぞくっとした……。

「その道順が描いてあるのが、あの旅館の掛け軸なんだ」

「……だから、あの掛け軸を、だれにも見せちゃだめってことだったんだね」

「そうみたいだね。『黄金の蝶』が盗まれないように」

今まさに、盗もうとしているドロボウが、くすっと笑った。

「これまで、どうしても見ることができなくて、困ってたんだけど……」

「だから、予告状をだしたんだ！」

わたしはおもわず声をあげた。

パズルのピースが、ぱちぱちってはまっていくみたいだった。

「予告状をだして蔵を荒らしたのも……女将さんが慌てて、金庫から掛け軸をだすのを待ってたんだね」

「うん、正解」

くす、とステラが笑う。

「でも正確には見たかったんじゃなくて、見せたかったんだ。――きみに」

それでわかった。

だれにも見せることのできない、写真を撮ることもできない『黄金の蝶』の手がかり。

「……わたしなら、覚えていられるから」

わたしは、ぎゅっと目をとじた。ステラがなにを望んでいるかわかったから。

「できるよね、ゆずちゃん？」

わたしは、ぐっとくちびるをむすんでうなずいた。

……言うとおりにしなくちゃ、ユキくんがあぶない。


キュイイイン！


掛け軸を見たのは、ほんの一瞬だった。

だけどわたしなら、ぜったいに思いだすことができる！


ぱち、と目をあけた。

「……迷路の道順なんて、描いてないよ？」

困ったようにステラを見上げる。

だって掛け軸には唐草模様と山と、蝶々が一匹、ひらひら飛んでるだけだ。

「お宝のかくし場所は、暗号になってるだろうね」

「わたし、暗号とか解けないよ」

それは……いつもＥＹＥ－Ｓのみんなでやってたことだ。

そばにみんながいないことが、なんだか急にさびしくて、こわくなった。

「だいたいわかってるよ。右下の山がこの洞窟、スタート地点。ゴールは左上の蝶々。そこまでの道は――掛け軸の外側、唐草模様だよ」

あ……そうか。金色で描かれたあの模様が、洞窟迷路の道ってことなんだ。

にこっと笑ったステラは、ぱっと手をのばした。

ぶわっと風が吹く。

次の瞬間――。

いつの間にか、ステラはあの夜をのんだような、漆黒のコートに変わっていた。

銀色のアクセサリーが、夜空に輝く星みたい。

「さあ、行こうかゆずちゃん。『黄金の蝶』をさがしに」

うやうやしく差しだされた手には、黒い手袋。

わたしは、おそるおそる、その手をとったんだ。

14　困ってるなら、おれたちが助ける

ぴちゃん、ぴちゃん、って水が滴りおちる音がする。

洞窟のなかは、狭いし暗いし、こわい……。

前を歩くステラが、こっちをふりかえる。手には懐中電灯を持っていた。

「だいじょうぶ？　こわいの？」

「こわくない」

ステラにこわいって思われるの、くやしい。でも……くすくす笑ってるから、バレてるんだろうなあ。

「……次のところ、右も左も行き止まりで、まっすぐだよ」

唐草模様が描く道を思いだして、わたしは言った。ステラがうなずく。

「ありがとう」

わたしは、ちょっとだけ聞いてみることにした。

「どうして、『黄金の蝶』がほしいの？」

「だって黄金だよ。それってすごく価値がある」

ウソだってすぐにわかった。

「ちがうよね」

シルクハットで顔がかくれていても、ほんのすこし見えるその瞳が、淡く揺れていたから。

『黄金の蝶』は、どんな病気でも治すっていう言い伝えがある。

もしかしてステラは……。

「だれか、病気を治したい人がいるの？」

ぴたり、とステラが足をとめた。

その手が持つ懐中電灯の真っ白い輪が、一度ふるりとふるえた気がした。

「……そうかもね」

その声はひどくかなしく聞こえた。

それはだれなんだろう。

もしそれが解決したら、ステラはもう……怪盗をしなくていいのかな。

そのときだった。

「――ゆず！」

洞窟のむこうから聞こえた声に、泣きそうになった。

翔太くんの声だ。

ほっとして、肩からどっと力がぬける。

「……翔太くん！」

「やっと追いついた」

かけよってきた翔太くんが、ぐっとわたしの腕をひく。そのままステラとむかいあった。

ステラは、目をまるくしていた。

翔太くんはポケットに手をつっこんで、それを見せてくれた。

「どうして追いついてこられたの？」

「これをたどってきたんだよ」

ピンク色のガラス玉だ。ステラが、ちらっとわたしのほうを見た。

「……なるほどね」

わたしの腕には、もうガラスのブレスレットはついてない。

ひもをほどいて、ひとつずつ、洞窟の道に落としてきたんだ。

「だれかがわたしをさがしに来てくれるって、信じてたから」

わたしは誇らしくなって、胸を張った。

「やるね、ゆずちゃん」

でも、とステラがひらひらとスマートフォンをかざした。翔太くんに見せつけるみたいにね。

舌打ちして、翔太くんは言った。

「ユキが人質になってるのは知ってる。だからおれがひとりで来たんだ。残りの仲間は、ユキとゆずのこと、先生に言い訳してるよ」

翔太くんは、わたしの腕をつかんで、自分の背中のうしろに押しこめた。

「でも、いっしょに行くぐらいはいいだろ。ゆずをひとりにできない」

ステラが、おどけたように肩をすくめる。

「せっかく、ゆずちゃんとふたりきりだったのに」

「お前とゆずをふたりになんかできるか！」

むっと、翔太くんが口をとがらせた。

「それにおれたちは仲間だ。だれかをひとりで戦わせたりしない」

一瞬、ステラがぱっと目を見ひらいた。それから目を伏せる。

「いつも熱いね、翔太くんは」

わたしはちょっと不思議な気持ちだった。

それからぽつりと、聞こえないくらい小さな声で言ったその言葉を、わたしは聞いたんだ。

「いいなあ……」

その声は、今までのステラの、静かでどこか怪しい声とはちがった。

ちょっと苦々しくて、うらやましそうで。

瞳は、やさしく細められている。

ステラってもしかしたら、わたしたちと同じ年ぐらいなのかな。

もしステラが怪盗じゃなくて……同じ学校にかようクラスメイトだったら。

友だちになれてたのかな、なんて。ふと、そう思ったんだ。


何度も分かれ道をとおって、洞窟のなかをあがったり、さがったりしたあと。

その扉は、ふいにわたしたちの目の前にあらわれた。

「ここが、ゴールだね」

古い木の扉で、さわるだけで崩れおちてしまいそうだった。

ステラがその扉を押しあけた。

ぎぃぃぃ……。

ひんやりとした空気に、わたしは身をすくませた。

天井は、どこか外につながっているのかも。うっすらと月の光が差しこんでいる。

そのさきに小さな祠があった。

「崩れてる……」

祠はもう半分ぐらい、形がなくなって木の山になってる。

そのなかで、キラキラとしたものが輝いていた。

わたしはそれがなんなのか、すぐにわかった。

「……本当にあったんだ……『黄金の蝶』」

二十センチぐらいの蝶の像だ。月光にキラキラと輝いている。

その前にひざまずいて、ステラが言った。

「……わかってるんだ、かなわないんだって」

しぼりだすような、小さな声だった。

ステラの黒い手袋をした手が、そっとその蝶の像を持ちあげた——瞬間だった。

「――そこまでだ」

ばっとふりかえった。キヨくんが、扉からこっちにかけこんでくるところだった。そのうしろから、レオくんとクロトくんもいっしょに来てる！

「みんな！」

「助けに来たぞ、ゆず」

キヨくんが肩で息をしてる。いっしょうけんめい走ってきてくれたんだ……。

ステラが『黄金の蝶』をかばうみたいに、さっと胸にかかえていた。

レオくんが、ニっと笑った。

「おれたちがここにいるのが、信じられないって顔だな、ステラ」

ふふんって胸を張ったのは、翔太くんだ。

「おれが、こっそり道に目印をつけてきたんだ」

ステラが「へえ」、とつぶやく。その顔はもう笑っていない。

「でもきみたちは、人質がいることを忘れたのかな？」

キヨくんが、その口もとをわずかにつりあげた。

「忘れてないよ。でもあのユキは、ニセモノだろ」

「ニセモノ⁉」

わたしはおもわず声をあげた。

「ああ。最初におかしいって言ったのは、レオだよな」

「ユキのスニーカーのおかげだよ。限定品で、いいなってずっと見てたんだ」

そういえば、嵐山でレオくん、うらやましそうにユキくんのスニーカーを見てたっけ。

「今日、伏見稲荷大社でユキはそれを汚してた。でもこの写真のスニーカーは、きれいなままなんだ」

スマートフォンの写真を、レオくんが見せてくれた。

たしかに、スニーカーはぴかぴかだ……。

「このスニーカー、キャンバス地だから、カンタンに汚れが落ちないんだ。だから、さっき撮られたはずの、写真のスニーカーに、昼間の汚れのあとも残ってないのは、ちょっとおかしい」

「それで写真をよく見て、気がついたんだ」

キヨくんがスマートフォンをさした。

ぐっと拡大すると、ぽつりと赤色に輝く細い光、京都タワーが見える。

「あっ！　京都タワーの色……っ！」

わたしはおもわず叫んだ。

「ああ。京都タワーのライトアップは、いつも白なんだ」

クロトくんが、自分のスマートフォンを操作する。

「でも申し込めば、個人でもライトアップの色を変えることができる。ホームページで今日が何色かも、ちゃんとわかるんだよ。写真みたいに赤色だったのは昨日、結城さんが頼んだからだ」

わたしたちは、そろってステラを見つめた。

レオくんがとどめを刺すように言う。

「つまり、この写真を撮ったのは昨日。お前がユキに変装して撮っておいたんだろ……人質なんか、本当はいないってことだ」

キヨくんがつけくわえた。

「先生に聞いたら、ユキは親戚に会いに行ってるから、夜までもどらないってさ。それもお前のしわざだよな。これでおれたちと本物のユキが、会ってバレるってこともない」

……すごい。

こんなに短い時間で、真実にたどりついちゃうなんて……！

ほっと、ステラがため息をついた。

「……さすがに、おどろいた。そんなことでバレちゃうなんてね」

でも、とステラは笑った。怪しい瞳が、月の光を浴びてキラキラと輝いている。

幻想的で美しかった。

「ほしいものは手に入ったから、もういいんだけどね」

ふいに、ぶわっと風が強くぬけた！　もしかして、どこかに洞窟の出口があるの⁉

ステラが身をひるがえそうとした。

「逃がすか！」

翔太くんが、地面を蹴った！

洞窟の壁を二、三歩蹴って、ステラに飛びかかる！

翔太くんの背中には、羽が生えてるのかもって、時々思うことがある。

まるで、重力なんて関係ないみたいに、飛んじゃうんだ。

「くっ……」

ステラが慌てて、翔太くんの蹴りをよけた。

狭い洞窟のなかで、コートの端が壁にぶつかる。バチっと音を立てた。

ステラが叫んだ。

「これは、わたせない！」

『黄金の蝶』をかかえて、翔太くんにむけて、蹴りをはなった。

かがんでかわした翔太くんは、すぐに逃がすもんかって、ステラのコートに手をのばす。

ステラ、どうしたんだろう……いつも、もっと余裕があるって感じなのに。

「どうして、そんなにそれがほしいの……？」

おもわずそうつぶやいた。

ステラの淡い瞳が、さっとこっちをむいた。

「わかってるんだ、こんなものに意味なんかないんだって」

ぎり、と音がするほど強く、歯を食いしばったのが見えた。

「どれだけ願ったって意味なんかない……無駄なんだ」

それは河原で翔太くんが言ったのと同じ。

現実にうちのめされて、でも幸せを願わずにはいられない。かなしい想いだ。

「わかってるけど、あきらめられない……バカみたいだ」

わたしたちは、だれもなにも言えなかった。

ステラの強い想いに、胸をつかまれてるみたい。

「そんなことねえよ！」

でもそれを切りさくのは——いつだって、明るいわたしたちの太陽だ。

翔太くんが腹の底から吠えた。ステラの胸倉をつかんで、真っ向からにらみあう。

翔太くんとステラ、ふたりだけの意地のぶつかりあいだ。

「おれもそう思った。無駄だって……どれだけ神様に願ったって、現実は……ずっとずっと、おれたちに容赦ねえよ」

はきだすような声だった。

「でも、つらくたって顔をあげて進んでくしかない。おれは……それを仲間に教えてもらった」

翔太くんは、ステラから手をはなした。

そうして、まっすぐに手をのばす。

もうみんなわかってるんだ。ステラも、大切ななにかのために……戦ってるんだって。

「困ってるなら、おれたちが助ける」

ステラの目が、ふいにまたたいた。

光が満ちて、希望をのぞいたみたいに、一瞬、キラキラと輝いて。

——でも、す、と目を伏せたんだ。

「ありがとう、きみはいいやつなんだね」

ふふ、と笑ったステラは、でも、とつぶやいた。

なにもいらないって、拒絶するみたいに。

「ぼくはずっとひとりで願いつづけてきた。これからもそうする、だれの助けもいらない」

一瞬の隙をついて、ひらめくようにコートが舞った。

「うわっ！」

どんってつきとばされた翔太くんが、こっちにむかってよろめく。

わたしたちは、慌てて翔太くんをささえた。

ステラが、洞窟の奥に走っていくのが見える！

「追いかけよう！」

キヨくんが叫んだ。


——わたしたちは、木や蔦を押しのけるようにして、洞窟から走りでた。

あたりを見まわして、キヨくんが言った。

「……こんなところにつながってたのか」

クロトくんがスマートフォンの地図を見せてくれる。

「東山の真ん中ぐらいだね……」

ふりかえると山の側面に、洞窟の出口がポカっと開いていた。蔦や木に、これまでずっとかくされていたみたい。

「これじゃあ、こっちの出口は見つからないよな……」

レオくんがぽつりとつぶやいた。

翔太くんがあたりに視線をやって、小さく肩を落とした。

「ステラに、逃げられたな」

わたしたちは、力がぬけたみたいにその場に座りこんだ。

「……あいつ、なにを守りたくて怪盗をやってるんだろう」

レオくんの言葉に、翔太くんがうなずいた。

「おれはみんながいたから、がんばろうって思えてる。でもあいつはひとりなのかな……」

翔太くんが、空にむけて手をのばす。

「おれには最後、助けてくれって言ってたみたいに聞こえた」

見上げると、木々に切りとられた空には、ぴかぴかと星がまたたいている。

それから、しばらくわたしたちは無言だった。

そういえば、とレオくんが言った。

「なあ翔太。お前、どうやってゆずを見つけたんだ？　ステラからメールがとどいたとたん、走りだしただろ。おれたちがとめるのも無視して……」

翔太くんがふいっとそっぽをむいた。

「あ、それはね――」

わたしが、ブレスレットの話をしようとしたんだけど。

さえぎるように、翔太くんが言った。

「内緒。おれと、ゆずのひみつだよ」

……そっか。このブレスレットのことは、わたしと翔太くんのひみつなんだ。

みんなが不思議そうな顔をするなか。わたしと翔太くんは顔を見あわせて笑ったんだ。


なんとか山をおりると、やがて、旅館の庭にたどりついた。

「泥だらけだし、葉っぱもいっぱいついてるし、先生にバレないように風呂入らないとな」

翔太くんが肩をすくめたときだ。

わたしはぴたりと立ちどまった。

そこは京都タワーが見えるお庭の、一番はし。

「……ねえ、みんなひとついいかな？」

山をおりながら、ずっと考えていたことがあるんだ。

みんなの視線が、わたしにむいた。


「——ステラの正体、わかったかもしれない」


ずっと不思議だったんだ。

昨日、みんなでここにいたとき、その人を見たよね。お散歩だって言ってたけど……今思えば、あの写真を撮った帰りだったんじゃないかな。

それに、蔵で女将さんにぶつかったのもあの人だ。

掛け軸が落ちて、わたしに見せるように誘導したのかもしれない。

嵐山でキーホルダーをなくしたとき。〝いつなくなったかがわかれば、見つけられる〟。そう言って、カメラアイを使うように誘導してたとしたら？

……豪華客船のとき、ステラはケガをしていた。
次の日、あの人は水着になってなかった。
ケガを見られたくなかったとしたら、説明がつく。
そしてなにより。
ステラがいるとき……いつだってその人はその場にいなかった。
「――怪盗ステラは、相良ユキくんだ」

15 これが、恋だ

修学旅行も、今日が最終日だ。

「点呼とるぞー！」

バスにのりこむ前に、先生が人数を確認してる。

わたしたちは輪になって、集まっていた。

――昨日の夜、旅館にもどったわたしたちは、女将さんに『黄金の蝶』のことを伝えたの。

あのあと旅館には、ステラの星のカードがとどいたみたい。

〝『黄金の蝶』をいただきました〟

そう書かれた、星のマークのカードだ。

ステラは盗んだところに、かならず星のカードを残すんだよね。

でも、女将さんはもういいって言ってくれた。

どうせ、ほんとにあるかないか、わからないものだからって。

「――残念だったね、『黄金の蝶』」

そう言ったのは、大きなボストンバッグをかかえたユキくんだ。

ぎくり、とわたしは肩をはねあげた。

淡くてはかないユキくんの瞳は、今思えば……ステラにそっくりだ。

「ああ。でも次は、おれたちが勝つよ」

さらっと、そうかえしたのはキヨくんだ。

ユキくんがステラだって証拠があるわけじゃない。だから次に動くときに気をつけようって、話になったんだよね。

わたしはできるだけ、ユキくんから視線をそらすようにしていた。ウソが苦手だから、うたがっていることが、バレないように。

でもユキくんはどうして、ステラなんかやってるんだろう。

……だれを守りたいんだろう。

いつか……教えてくれるかな。

「――春内さん」

そう呼びかけられて、わたしはふりかえった。

ヒトミさんが、ちょっと弱々しく笑っている。

髪にはあのユリのかんざし。宝物みたいに、そうっと指先で触れていた。

「また遊びに来るね」

わたしはにこっと笑った。

「待ってるわ」

「――もちろん、わたしもね」

横から顔をだしたのは、紫乃さんだ。ヒトミさんの顔が、ぴくっとひきつった。

紫乃さんはむっとしていたけど、やがて小さく息をついた。

ステラと対決したことも、ヒトミさんと話したことも、ちゃんと昨日の夜に話したんだ。……ユキくんのことは内緒だけどね。

「……あなたは、べつに来うへんでもええけどね」

紫乃さんと、ヒトミさんがバチってにらみあう。

このふたり、なんだか似てる気がするんだよね……。

ふたりを見つめて、わたしはくすって笑ったんだ。

次々と、みんながバスにすいこまれていくなか。

「ゆず、ちょっといいか」

わたしを呼んだのは、翔太くんだった。

「どうしたの？」

「これ、わたそうと思ってさ」

ほら、と翔太くんが手にのせてくれたのは。

「わあ……！」

お守りのブレスレットだ！　昨日ステラにつれていかれたときに、ほどいて使っちゃったんだ。

もうもどってこないって思ってた。

「ゆずを追いかけるときに、拾っておいたんだ。でもひとつ割れててさ。おれが買ったガラス玉を一個入れといた」

お守りには、大きさのちがうガラス玉がひとつ、入っていた。

白と黒のまるい模様。サッカーボールの模様だ。

「サッカーのお守りじゃないのに、変だけどさ」

「ううん、すごくうれしい……！」

わたしは、じっとそのお守りを見つめた。

なんだか、ずっと翔太くんがそばにいるみたい。

「ありがとな、ゆず」

翔太くんが、ふいに言った。

「どんなにつらくてもおれ……お前がそばにいてくれたら、がんばれるって思うよ」

照れたようにそう言って、翔太くんは、バスのなかにかけこんでいった。

じわじわと胸のなかがあったかくなる。

強い気持ちが、わきあがってくる。

翔太くんのこと、守りたい。助けたい！

かなしんでるときはそばにいて、いっしょにかなしんだり励ましたり、ただ寄りそっていたい。

笑った顔が、もっと見たい。

ひとりじめ、したい。

……やっとわかったのかもしれない。この、強い気持ちの正体。

これが恋だ。

わたし、翔太くんのことが……好きなんだ。

あとがき

こんにちは、相川真です！

いつもチームEYE―Sを読んでくださって、ありがとうございます。

今回は、修学旅行のお話です。舞台は京都！

わたしは京都出身なので、地元のお話をたくさん書くことができて、とてもうれしかったです。

ゆずたちといっしょに、旅行している気分でした！

嵐山に、清水寺に、伏見稲荷大社と、盛りだくさんになりましたが、みなさんは京都に来たことがありますか？　来たことがある、っていう人は、どこが一番楽しかったか、まだだよ、っていう人は、どこに行ってみたいか、ぜひ教えてください！

作中の場所はどこも大好きなのですが、わたしのお気に入りスポットは、伏見稲荷大社です。山の上まで登ると、ほんとうに神様がいるみたいな、静かでおごそかな雰囲気があって、いつもどきどきします。初詣にも行きます。

それに、清水寺や地主神社も！

京都に友だちが来ると、よくいっしょに行く定番スポットです。ここに行くと、悩んだり困っていることがあっても、がんばれ、と背中を押してもらえるような気がします。

いつも素敵なカバーとイラストをご担当くださっている、立樹まや先生、ほんとうにありがとうございます！　本をつくるのに関わってくださるたくさんの方々にも、心から感謝いたします。

そして、この本を読んでくださっているみなさま、いつもありがとうございます！

お手紙も、ホームページのコメントもちゃんと読ませていただいています。心の支えです！

またぜひ、お会いできるとうれしいです！

相川　真

※相川真先生へのお手紙はこちらにおくってください。

〒101－8050　東京都千代田区一ツ橋2－5－10　集英社みらい文庫編集部　相川真先生係

あとがき
「ゆずーーーー!!!!!」
ラストシーンの興奮で、読み終えた瞬間
叫んでしまいました…!
ゆずちゃん はじめ、アイズの仲間たち
みんなの 恋や友情の行方から目が離せな
すぎる…! つづきが楽しみです!!
そういえば、私も中学の修学旅行は京都へ
行きました! とはいえ、宿泊したのは千宮旅館
のような立派なお宿ではなく ごくごくふつうの
ホテルです…(笑) さすがは
青星学園の修学旅行だ…!
と感じました
イラスト担当させていただきました!
立樹まや

集英社みらい文庫

青星学園(せいせいがくえん)★チームEYE-S(アイズ)の事件(じけん)ノート
～修学旅行(しゅうがくりょこう)で胸(むね)キュン！ 翔太(しょうた)とゆずの恋(こい)が動(うご)く!?～

相川 真(あいかわ しん) 作
立樹まや(たちき) 絵

ファンレターのあて先
〒101-8050 東京都千代田区一ツ橋2-5-10 集英社みらい文庫編集部
いただいたお便りは編集部から先生におわたしいたします。

2025年3月26日 第1刷発行

発行者	今井孝昭
発行所	株式会社 集英社 〒101-8050 東京都千代田区一ツ橋2-5-10 電話 編集部 03-3230-6246 読者係 03-3230-6080 販売部 03-3230-6393(書店専用) https://miraibunko.jp
装丁	+++ 野田由美子 中島由佳理
印刷	大日本印刷株式会社 TOPPAN株式会社
製本	大日本印刷株式会社

★この作品はフィクションです。実在の人物・団体・事件などにはいっさい関係ありません。
ISBN978-4-08-321897-2 C8293 N.D.C.913 184P 18cm

女なら、守られとけよ
スパイは目立つな
蓮夜先輩
中2。晴たちのスパイの先輩。天使みたいだけど、ドS。
奈々木新
中1。晴のバディ。いつも冷静で優秀なスパイ。
黒宮コウガ
財閥の跡取りで、成績優秀、超イケメン。ひみつがある？
間広奏汰
コウガの友だち。サッカー部で芸能人。
女の子だけど…実は最強スパイだよ！
雪乃晴
実はスパイの中1。コウガのニセモノ彼女として学園に潜入！
ダメっ子転校生は、実は最強スパイ!??御曹司のニセモノ彼女として、学園に潜入!?
私、中１の雪乃晴。ないしょだけど、実は最強スパイなの。バディの新と一緒に、財閥の御曹司「黒宮コウガ」の護衛のため、私立春町学園に潜入するよ！
第1弾 ～ミッションは御曹司のボディーガード!?～
スパイガール！
第2弾 ～ドキドキすぎ!?御曹司の危険な臨海学校～
スパイガール！
第3弾
2025年7月18日金発売予定！

私、豊崎仁菜は今日から中学1年生！
大親友の雫と同じ中学に入れて夢みたい！
雫は引っこみ思案だけど超美少女で、
私とは正反対。でもなにより大切な友達。
入学早々、サッカー部のイケメン4人組と
知りあっちゃった!?　と思ったら、
雫がその中のひとり、真田くんを、
もしかして好きになった…？ でも私も真田くんと話すと、
楽しいのに胸が切ない。この気持ちはいったい——？

すべての
女の子に
おくる！

きゅんと切なさがすれちがう、

三角関係ラブ

サッカー部のキラキラ4人組✦

真田朝陽
圧倒的なビジュとサッカーの上手さをほこる、クール系イケメン。

神永 爽
大人びた王子様系男子。大人気アイドルのメンバーでもある！

南波 航
やんちゃ系イケメン。仁菜と小学校が同じで、よくからかってきてた。

矢野春輝
両親は音楽家。楽器がプロ級に上手い、かわいい系美少年。

小4からの大親友

豊崎仁菜
元気で運動が好き！ 女子力はちょっと低め？ 雫はなにより大切。

如月 雫
芸能事務所にスカウトされるくらいの超美少女。男子が少し苦手。

「みらい文庫」読者のみなさんへ

言葉を学ぶ、感性を磨く、創造力を育む……、読書は「人間力」を高めるために欠かせません。

たった一枚のページをめくる向こう側に、未知の世界、ドキドキのみらいが無限に広がっている。

これこそが「本」だけが持っているパワーです。

学校の朝の読書に、休み時間に、放課後に……。いつでも、どこでも、すぐに続きを読みたくなるような、魅力に溢れる本をたくさん揃えていきたい。読書がくれる、心がきらきらしたり胸がきゅんとする瞬間を体験してほしい、楽しんでほしい。みらいの日本、そして世界を担うみなさんが、やがて大人になった時、「読書の魅力を初めて知った本」「自分のおこづかいで初めて買った一冊」と思い出してくれるような作品を一所懸命、大切に創っていきたい。

そんないっぱいの想いを込めながら、作家の先生方と一緒に、私たちは素敵な本作りを続けていきます。「みらい文庫」は、無限の宇宙に浮かぶ星のように、夢をたたえ輝きながら、次々と新しく生まれ続けます。

本を持つ、その手の中に、ドキドキするみらい――。

本の宇宙から、自分だけの健やかな空想力を育て、〝みらいの星〟をたくさん見つけてください。

そして、大切なこと、大切な人をきちんと守る、強くて、やさしい大人になってくれることを心から願っています。

2011年 春

集英社みらい文庫編集部

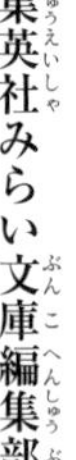